NARRATIVAS DO MEDO

NARRATIVAS DO MEDO 1

RÔ MIERLING
MÁRCIO BENJAMIN
CESAR BRAVO
VITOR ABDALA
GERALDO DE FRAGA
DUDA FALCÃO
DANIEL PIRES
MARCUS BARCELOS
RODRIGO RAMOS
HEDJAN C.S.
MARCOS DEBRITO
ALEXANDRE CALLARI
ALFER MEDEIROS
PAUL RICHARD UGO
ADEMIR PASCALE
FLÁVIO KARRAS
PETTER BAIESTORF
MELVIN MENOVIKS

AVEC EDITORA

Publisher *Artur Vecchi*
Organização e edição *Vitor Abdala*
Ilustrações de capa e contos *Marcel Bartholo*
Projeto Gráfico e diagramação *Luciana Minuzzi*
Revisão *Camila Villalba*
Imagens *Freepik*

A 135
Narrativas do medo : v. 1 / organizado por Vitor Abdala. – Porto Alegre: Avec, 2021. --
(Narrativas do Medo; 1)
Vários autores.
ISBN 978-65-86099-74-4
1.Ficção brasileira 2. Antologias I. Abdala, Vitor II. Série
CDD 869.93

Índice para catálogo sistemático:
1.Ficção : Literatura brasileira 869.93

Ficha catalográfica elaborada por Ana Lucia Merege CRB-7 4667

1ª edição, 2021
Impresso no Brasil / Printed in Brazil

AVEC
EDITORA

Caixa postal 7501
CEP 90430 - 970
Porto Alegre - RS
www.aveceditora.com.br
contato@aveceditora.com.br
@aveceditora

ÍNDICE

RÔ MIERLING, gaúcha, escritora, roteirista e antologista. Autora de sete livros, incluindo *Diário de uma Escrava* (DarkSideBooks). Escreveu *Caça e Caçador* (primeiro conto do livro *Mundos Paralelos*, da Ed. Abril). Seu primeiro livro *Contos e Crônicas do Absurdo*, após três edições esgotadas foi lançado em projeto literário com 5 mil livros para distribuição livre. Ativista literária pelo Itamaraty na Argentina, escreveu para mais de seis países. Hoje é contratada da Harper Collins Publisher (NY).

TOCADA PELO INIMIGO

Rô Mierling

(conto baseado em um relato real)

Ela voltava para a casa sempre cansada, esgotada. Aquele trabalho era pesado e enfadonho, tanto física quanto mentalmente. O Instituto Médico Legal do Rio Grande do Sul estava sempre cheio de novos "moradores", e lidar com eles nem sempre era fácil. Mas era o que tinha para o momento. Ela morava sozinha, precisava pagar o aluguel, comer, viver — ou sobreviver. Mas o pior de tudo era ter que voltar para casa e passar pela pequena viela do "Vermelho", chamada assim por ter poucas casas e a que mais se destacava tinha um grande símbolo vermelho na porta, que às vezes ficava aberta, deixando entrever alguns bancos, umas esculturas sinistras e (o pior de tudo) Augusto Severo, ou simplesmente o velho Severo.

Não tinha como ela chegar em casa sem passar por aquela viela e o tal "pior" era o fato de que, na hora em que ela passava voltando do trabalho, ele, o velho Severo, estava sempre lá dentro com a porta aberta e umas poucas almas sentadas nos bancos.

— Eu vejo eles aqui. Vejo os DEMÔNIOS em vocês. Vejo os DEMÔNIOS. Sinto os DEMÔNIOS — gritava ele, sempre com acentuação elevada de voz na palavra "demônio", como se isso inserisse mais veracidade na frase. Ele berrava e a voz dele ecoava pela viela toda noite. — Posso expulsá-los de vocês por uma pequena quantia. Mas saibam: eu os vejo, falo com eles e sei que eles querem destruir vocês. LIBERTEM-SE.

Não era uma igreja ou algo assim; era mais como um buraco aberto com uma suposta porta para o inferno. As redondezas fediam. Os vizinhos diziam que ele fazia sacrifícios de animais lá dentro, e até de crianças (o povo delira!). E isso a incomodava. Incomodava MUITO. Ela se sentia ansiosa, com um sentimento de nojo que não sabia explicar muito bem, como quando se nota alguém enganando as pessoas sem nada poder fazer: asco. Mas não tinha jeito, ela tinha que passar ali para ir para casa.

E, naquele sábado em especial, ela vinha mais esgotada do que nunca. Se arrastava, desejando apenas dormir. Seu corpo magro, muito branco, era franzino. Ela tinha longos cabelos loiros, opacos e finos. Seus olhos eram de um azul sem vida, cansados. Quando as pessoas olhavam para ela, viam algo como uma boneca velha e encardida. Ela poderia ter sido bonita em outra vida, quem sabe, mas seu trabalho, sua vida, a tinham esgotado, sugado dela qualquer brilho. Suas noites eram de pesadelos; seus dias, de exaustão. Ela veio descendo a viela e o senhor Severo não estava gritando (um milagre, amém!). Ele estava sentado na porta de sua casa, lendo um velho livro. Ela passou direto por ele, tentando não olhar, mas algo que ela nunca conseguiu explicar a chamou para perto dele, como que atraída pelo nojo que sentia dele e de seus gritos sobre demônios.

— Olá — disse ela, aproximando-se.

— Olá, menina. Em que posso ajudar?

— Meu nome é Ana, moro logo ali no final da rua. E todo dia, quando volto do trabalho, ouço você gritando.

Ele, sentado, olhou para ela ali em pé. Um olhar inquisitivo diante da forma meio desafiadora com que ela se dirigia a ele.

— Eu, gritando?

— Sim, você! Gritando que vê demônios nas pessoas, que fala com eles, essa bobagem toda. Isso incomoda a quem passa nesta rua, você sabia? E esse cheiro desgraçado? Vem de você ou desse buraco que você chama de casa?

— Que absurdo! Que atrevimento. Não te deram educação?

Ana se aproximou um pouco mais dele e disse em voz suave, quase infantil:

— Sabe o motivo pelo qual eu sei que você está mentindo quando diz que vê demônios?

Ele franziu a testa e, com um pequeno sorriso debochado no rosto, perguntou:

— Qual motivo, Ana?

Ela se abaixou um pouco para que os olhos de ambos ficassem na mesma altura, segurou as duas mãos dele entre as suas e disse em um sussurro:

— Porque eu realmente vejo aquilo que você *diz* que vê. E, se você os visse, eu saberia.

Na mesma hora, o senhor Severo sentiu uma pontada no peito, seu coração acelerou, gotas de um suor frio começaram a brotar de sua testa. Um arrepio percorreu todo seu corpo. Ele tentou falar, mas o som não saía mais de sua boca. O livro caiu de seu colo, seus joelhos tremiam, e ela ainda o encarava nos olhos. Ele tinha um olhar do mais puro pavor e desespero. O coração dele batia cada vez mais rápido e surgiu uma dor profunda no peito. O ar já não entrava nos pulmões. Seus olhos estavam arregalados e ele começou a convulsionar. Ela soltou as mãos dele e, antes que o corpo velho e esquelético do senhor Severo caísse no chão, ele já não tinha mais vida.

Ela se ergueu. Olhou para o homem ali caído, sorriu e, calmamente, foi para casa. Não precisaria mais ouvir tanta besteira toda noite.

Ana tinha seis anos quando tudo começou. Ela era uma criança solitária e não conseguia dormir direito à noite. Tinha pesadelos, mas era proibida de acordar seu pai e sua mãe.

— Seja corajosa, enfrente seus pesadelos ou então ore — dizia seu pai com voz autoritária.

Logo, sempre que tinha pesadelos, ela se levantava, chorando baixinho, entrava furtivamente no quarto de seus pais, mesmo sabendo que, se eles acordassem, ela seria castigada, e se deitava no chão, aos pés da cama deles. Ela se encolhia, fechava bem os olhos e pedia a "Papai do Céu" que fizesse eles irem embora.

"Aqui estarei segura", pensava ela.

Ana não voltava a dormir. Ficava de guarda, na espera, pois a qualquer momento algo ruim poderia acontecer e, quando o dia começava a nascer, ela voltava para seu quarto.

A menina fazia isso várias e várias noites seguidas. Seus pesadelos sempre envolviam formigas. Ela sonhava que uma formiga gigante a carregava para seu reino e ela era sacrificada. E que sombras demoníacas dominavam seu corpo no ato do sacrifício. Um pesadelo forte demais para uma criança tão nova.

Sempre o mesmo sonho provocando falta de ar, aperto no peito e terror. Mas ela não podia contar a ninguém: guardava tudo para si, pois diálogo na sua casa não era aceito. Ela não podia falar em hora alguma, na verdade. Devia apenas obedecer sempre e sempre. Do contrário, era castigada com vara, cinto e até cabo de vassoura.

Ana sofria de tristeza profunda, apatia, isolamento social e carência afetiva extrema. Na escola, estava sempre arredia e afastada. Os meninos sempre faziam brincadeiras grosseiras com ela, que às vezes ficava calada, mas, em outras vezes, tentava revidar com violência, já desde cedo. Sua mãe era chamada à direção e, em casa, ela apanhava. Um dia ela foi afastada das aulas por uma semana por ter enfiado um lápis na mão de um colega de sala. Agravantes que formaram uma mente em desalinho, mesmo em um solo ainda muito jovem.

Todo domingo, Ana era levada pelos seus pais para a igreja. Com o aumento dos seus pesadelos, em sua mente infantil, ela implorava a Deus para tirar isso dela, mas não funcionava.

O pai de Ana, religioso fanático, pregava com berros que tudo que era ruim vinha do "Diabo, o inimigo das nossas almas". "O Diabo quer nossas almas, inimigo de Deus, ele quer nos arrastar para o Inferno", seu pai berrava pela casa, dia e noite.

Se Ana deixava algo cair, era uma menina do mal, diabólica e perversa. Se Ana não cuidava bem de seu irmão menor, era o Diabo que estava nela. Ana vivia mais cercada pelo Diabo do que por Deus. E em todos os momentos as palavras "Diabo", "Inferno", "demônios" eram citadas como símbolo do que estaria "do outro lado" da linha do bem.

E Ana crescia acreditando nisso e pedindo a Deus que nunca deixasse o "Inimigo" chegar perto dela. Mas os pesadelos persistiam. Ana já não queria mais ir dormir e tinha medo até de fechar os olhos. Algo ruim poderia dominá-la se ela piscasse.

— Vigiai, vigiai, que o Diabo está à porta — gritava seu pai na igreja.

Eram sermões de mais de uma hora falando do Diabo e cinco minutos falando de Deus. E, quando o assunto era Deus, era um Deus vingativo, que castigava e não aceitava pessoas que não faziam tudo estritamente certo. Ana queria ser de Deus: orava, cantava, fazia tudo conforme indicado nos sermões de seu pai. Seu pai era a personificação da autoridade e da indiferença, mas a menina só queria agradá-lo, ser aceita como filha e criatura de Deus.

Ana cresceu e começou a aprender a ler. Seu pai tinha muitos livros, quase todos religiosos. Quando ela fez 9 anos, seu pai lhe disse que deveria ler livros sobre o espiritismo, para conhecer mais sobre o que tinha "além do bem". Ela leu uns poucos trechos que ele mandou e nunca mais os esqueceu. Não havia entendido quase nada. Os livros tinham um conteúdo além do que ela podia entender, mas certas partes ficaram gravadas em sua mente.

Um pouco antes de Ana fazer 10 anos, seus pais frequentavam um curso religioso nas quintas-feiras à noite, deixando a filha sozinha em casa, com seu irmão mais novo, um pequeno garotinho triste.

Ana não gostava muito de morar no lugar para o qual tinham se mudado umas duas semanas antes. Era um apartamento. E, do outro lado da rua, tinha uma casa pequena, antiga, um pouco depreciada pelo tempo e pela pobreza, onde estava fixado um centro em que se faziam trabalhos para "afastar o mal". Ana sabia o que isso significava: já tinha escutado nos sermões de seu pai que nessas casas morava o Diabo.

Exatamente nas quintas-feiras em que seus pais saíam à noite para ir ao tal curso, o centro em frente à casa deles tinha reunião. E, de longe, se escutavam os tambores, os gritos e barulhos que, na imaginação de Ana, eram derivados da garganta do Diabo. Mas o pior eram as batidas do tambor, que arrepiavam a menina e pressionavam seu peito de forma angustiante.

Um dia, Ana acordou pela manhã, após uma noite mal dormida e com muitos pesadelos, e teve a impressão estranha de que algo não estava bem: seu coração apertado, vontade de ir ao banheiro toda hora, nervosismo extremo.

E, na hora que seus pais saíram, por volta das sete da noite, ela sentiu um vento frio entrando pela janela da sala e começou a chorar de medo. Um choro baixo, triste, reprimido. Seu irmãozinho estava dormindo no berço.

Ana foi até a janela e, de lá, conseguiu ver a "reunião do demônio" no centro em frente. Começaram os ruídos, o batuque, os gritos. E ela foi ficando cada vez mais aflita, sozinha e aterrorizada. Até que sentiu uma fraqueza nas pernas, falta de ar, um cansaço absoluto derivado de noites e noites mal dormidas, e resolveu deitar-se no sofá da sala. Fechou a janela para distanciar-se do ruído apavorante dos batuques e se encolheu bem quieta. No sofá, ficou Ana encolhida, se balançando para frente e para trás.

Uma calma estranha e sinistra tomou conta dela. E ela, por uma infeliz curiosidade infantil, pensou em uma parte de um dos livros que leu, que contava sobre os fenômenos de Hydesville, em que meninas batiam na parede e algo respondia, batendo de volta. Elas batiam na cabeceira da cama e ouviam, em retorno, uma resposta através de ruídos estranhos, o que foi considerado uma conversa com espíritos.

Ana pensou na alegria que as meninas sentiram quando o tal espírito falou com elas e, num determinado instante, ela pensou: "Será que espíritos poderiam falar comigo também?"

Ela estava deitada de lado. E fez o que não devia. Ergueu sua mão acima da cabeça e começou a fazer carinho no próprio cabelo. Pensando na história de Hydesville, ela deu um leve tapa no alto da própria cabeça (um chamado? um convite?) e de novo, bem de leve, e de novo. Quem a visse dessa forma atestaria uma cena de psicose infantil, mas podia ser bem pior.

"Queria que alguém falasse comigo agora", pensou ela.

No silêncio da sala, só se ouvia os batuques ao longe, sem música, televisão ou distrações proibidas, vindas do Diabo. Era só Ana e sua solidão.

Ela estava cada vez mais sonolenta e sua mão deu mais três batidas no alto de sua cabeça — um, dois, três — e seu braço repousou, seus olhos se fecharam e ela sentiu uma mão batendo da mesma forma que ela antes fazia — um, dois, três — na sua cabeça. Mas não era sua mão. Seus cabelos foram acariciados e se ergueram, levantados por uma mão invisível.

Ela pulou tão rápido que caiu do sofá no chão, abrindo ao máximo seus olhos de menina. Nada viu. Ela sentiu muito frio, um aperto no peito, sua respiração acelerou.

"Preciso dominar meu medo", pensou a pequena garota, mas sua curiosidade era mais forte e ela, em pé mesmo, bateu de novo na própria cabeça. Pequenos toques lá no alto: um, dois, três. Abaixou o braço e esperou. Um minuto exato se passou e ela sentiu — um, dois, três — leves batidas em sua cabeça e uma mão lhe fazendo carinho nos cabelos. Ela gritou, correndo para a porta. Trancada. Seus pais sempre a deixavam trancada. Ela correu para a janela, abriu e pensou em pular. Muito alto. Seu irmãozinho acordou e começou a chorar. Ela gritou mais alto ainda:

— Deus, me ajuda! — Mas ninguém a escutava.

E, de repente, ela foi arrastada por uma força invisível de volta para o meio da sala. As luzes começaram a piscar. Um vento rodou cortinas, jogou almofadas no chão, quadros caíram. O seu irmão gritava cada vez mais, desesperado.

Ana tentou ficar de pé, mas não conseguiu. Sentiu algo vindo pela sua garganta, um gosto forte e azedo. As lágrimas inundavam seu rostinho. E ela vomitou no tapete. Uma vez, duas, três. E algo entrou no seu corpo. Ela sentia como se alguém tentasse arrancar alguma coisa de dentro dela para liberar mais espaço. Ela mal respirava, garganta fechando, peito apertado e todos os músculos de seu corpo retesados.

E então vieram as sombras, saindo de todas as paredes, se condensando.

Ana já não podia mais dominar seu desespero.

— Não! Não! — berrava.

E, de dentro dela, uma voz sussurrou:

— Você me chamou e eu estou aqui! Agora você é minha e iremos juntos caminhar.

O pequeno corpo de Ana foi arremessado contra uma das paredes. E mãos a tocavam, apertavam, puxavam. E marcas iam aparecendo em seus braços, pernas, rosto. Arranhões, puxões, mordidas.

— Socorro! Socorro! — Ela imaginava gritar, mas de sua garganta não saía mais o som de uma voz infantil e, sim, um urro animalesco e sobrenatural.

E, de repente, tudo cessou. Ana caiu no chão e, com todo seu corpo tremendo, urinou nas calças, enchendo o ambiente de mais um cheiro à mistura já forte de enxofre, suor e medo.

Era sua primeira possessão (ou seria um ataque?), seu primeiro contato com o "Inimigo das almas". O primeiro, mas não o único.

— E, nesta tarde, a notícia extraordinária que temos para nosso público é sobre o caso da menina de apenas 10 anos que assassinou seu pai, sua mãe e seu irmão de apenas dois anos enquanto eles dormiam. Todos foram massacrados com uma faca de cozinha. Segundo a polícia, o cenário era como nunca visto: tinha sangue e partes dos corpos espalhados por todo o pequeno apartamento. E quando a polícia chegou no local, chamada pelos vizinhos que escutaram barulhos vindo do apartamento ao lado, encontraram apenas a menina viva, segurando uma faca cheia de sangue e comendo algo que parecia um pedaço de carne crua.

Anos depois...

— Qual sua opinião?

— Bom, pelo que vimos nestes 10 anos, Ana tem estado calma, tranquila, um exemplo de menina. Aqui, os doentes mentais raramente se curam, mas ela é dócil, aderiu ao tratamento. É sempre amável e solícita. Acredito que tenha sido um episódio único de surto psicótico.

— E vai liberar a saída dela?

— Já liberei. Ela sai mês que vem. Ela está bem, ela vai ficar bem.

MÁRCIO BENJAMIN, natalense do Rio Grande do Norte de 41 anos, formado como advogado. Autor de romances e livros de contos folclóricos (*Maldito Sertão*, *Fome* e *Agouro*). Figura tarimbada em projetos do Sesc (Arte da Palavra, Mostra Sesc de Culturas, Flipelô), representou o Estado em Feiras Nacionais (Bienal do Livro do Ceará) e Internacionais (Primavera Literária de Paris e Nova York e Feira do Livro de Paris). É roteirista de webséries (*Flores de Plástico*, *Holísticos*, *Dê seus pulos* e *As Primas*), curtas (*Erva Botão*, *Linha de Trem* e *Pela Última Vez*), e longas-metragens (*Quebrando o Gelo* e *Fome*). Recentemente assinou contrato com a DarkSide Books por meio da qual lançará novos livros nos próximos anos.

SETE CORDAS

Márcio Benjamin

— Seu Sebastião?

A voz doce da moça entrava pelos ouvidos de Bastião tal qual um gole d'água em garganta seca: descia de leve, como quem não quer nada, e, quase sem esperar, se aninhava pra dentro do peito.

— Seu Sebastião, posso entrar?

Fazia questão, ainda que vivesse cuidando das intimidades de velhos como Bastião; fazia questão de manter-lhes a dignidade, esta que muitos têm roubada no meio do rumo para a morte.

Disfarçando o encanto, Bastião apenas sacudiu a cabeça, como quem não se interessa, mas acompanhou a chegada da moça pelo rabo do olho.

— Vim trazer a comida do senhor. Meu nome é Lúcia.

Lúcia.

Onde tinha ouvido? Onde tinha visto?

— *Calma!*

O sopapo do cavalo pegou de surpresa o violeiro. Agoniado, o animal pulava num chão em brasa, dando solavancos firmes, como se à frente restasse um muro — ou um precipício.

— Que danado deu nesse bicho...?

O outro, logo atrás, segurou forte as rédeas do seu. Sabia que seria o próximo.

Quase respondeu ao companheiro, mas preferiu tomar um bocado da água quente, salobra.

— Vamos ter que dar é a volta, Tenório — disse, afinal.

— Táis doido? Veja aí onde a gente tá. Nada pra onde que se olhe! Essa volta é onde, Bastião?

Enquanto respondia, puxou o cavalo pra trás. O bicho acalmou os cascos, mas ainda bufava pesado. A sela velha subindo e descendo o montador. Às suas costas, as cordas da viola gemiam lentamente, atentas.

— A gente tem como ir em frente não. Ou arrudeia ou volta. Essa mata aí né coisa boa. Os cavalos tão com medo — respondeu Bastião, deixando a dúvida se o medo andava só pelos cavalos. — Nós tá é coberto de sombra até o pescoço.

Nem bem o violeiro calou a boca, o vento frio, cantor, assanhou a poeira seca embaixo dos cascos dos cavalos, e trouxe bem pra frente deles a menina magrinha, nua.

— Que diabo é isso? — conseguiu perguntar Tenório, se agarrando no rosário bento.

Como se tivesse ouvido, ou atendido, a menina, suja, ergueu os olhos inexplicavelmente maduros.

— Eita, danados, violeiros, eita danados! E esse mundo esse, hein? Que coisa sem fim é esse encontro, tem quem diga não, tem nada. O melhor é voltar daqui, esses meninos, daí pra frente tem nada não; daí pra frente é outro mundo. Carece de conhecer inda não. — A menina falava, mas como? Ainda tão nova, aquele mundo de palavra, aquela maldade na língua de cabra homem. — Tem como não, senhor... — E riu uma risada grossa, seca. — Que história é essa Bastião, meu filho? — A pequena agora falava a língua da mãe. — E foi simbora? E deixou eu? Deixou teu pai morrendo naquele fim de mundo?

O homem esticou-se em cima do cavalo. O outro percebeu.

— Faz que nem ouviu nada, Bastião, isso é tua mãe não! Quer é confundir a gente. O cão é o pai da mentira!

A menina riu denso, como riem os cachaceiros em bodegas, ou os pistoleiros limpando as armas depois de um serviço.

— Se afaste, condenado. Nóis vai passar — disse Tenório, agarrado aos arreios. — Cuide, Bastião!

— A gente avisou, esse menino, a gente avisou...

E ali, bem de frente aos dois, a menina virou-se numa fumaça preta, podre a enxofre, que rodopiou agoniada, se espalhando por cima dos dois em uma nuvem de moscas enormes, azuis, e, num susto, cobriu os cavalos, entrando por tudo quanto fosse buraco: olhos, narizes, ouvidos.

Desesperados pra se livrar dos bichos, os cavalos saltaram o que puderam, mas acabaram esticados no chão, como que picados por cobra.

— Condenado! — gritou Bastião. — Peste dos infernos!

A nuvem de moscas, assim como veio, foi. E parecia, na verdade, rir dos dois.

— Vamos voltar, Tenório — murmurou o outro, inseguro. Num pulo, Tenório agarrou-o pelo gibão de couro curtido.

— Que história de voltar, Bastião? Voltar pra onde? Olhe aí! O que danado a gente tem agora? Vamos ter que seguir em frente.

— Essa mata, Tenório. Essa mata né coisa boa não.

— E você tá vendo por acaso coisa boa por aqui, Bastião? Perdido a gente já tá. Tem um resto de comida aqui que segura por um tempo e dentro desse mato deve ter alguma fruta, bicho.

— Sei não, Tenório...

Como se o outro tivesse respondido, Tenório ajeitou a algibeira no ombro e seguiu em frente.

— Vamos simbora. Se apegue aí no terço, olhe pro chão, mó das cobras e tenha cuidado. Deus há de nos ajudar.

O desejo do outro ficou ecoando nos ouvidos de Sebastião. "Deus há de nos ajudar." E Deus ajuda a quem lhe vira as costas? Deus ajuda quem não se arrepende?

Deus.

E tinha?

— Chegue, tome com cuidado que eu vou esfriando — disse, com delicadeza, a enfermeira.

Com uma destreza bonita de se ver, Lúcia sentou-se na cama e deu a sopa à boca de Bastião. O velho quase não acertava os beiços na colher, perdido entre os olhos verdes; tentando beber também do hálito doce da moça, que lhe esfriava o caldo.

— Depois do almoço, a gente vai dar uma volta no jardim, tá certo? — disse ela, enquanto limpava os restos de sopa no queixo do velho com um guardanapo. — Tomar um ar! O senhor fica trancado demais aqui dentro.

Trancado.

Dentro do bar, as janelas estavam fechadas. Menos pela chuva do que pela farra, os homens jogavam fazia era tempo. Quanto, não se sabe.

Suando, Bastião agora não tinha como voltar. Perdeu o que pôde e agora não trazia sequer mais o rastro.

— Vou continuar! — urrou, fortalecido pela cachaça.

Como se tivesse levado uma tapa no pé do ouvido, Tenório lhe segurou pelo braço.

— Você comeu merda? Táis perdendo com a gota e ainda quer se fuder mais? Ele vai jogar mais não! — falou aos companheiros de carta.

— Cale aboca! Vou sim! — berrou, quase em desespero. — Me deixe, Tenório! Não tô lhe pedindo ajuda não!

Bastião empurrou o braço do amigo, tonto pela cachaça e pela vergonha, e pediu mais uma carta.

Do outro lado da mesa, um homem ria, olhando pra Bastião por debaixo da aba do chapéu.

Angustiado, o bar acompanhava o desenrolar do jogo: a coisa já tinha alcançado outro rumo; já não era jogo mais, era nada. Dentro da caixa do peito, cada um ali sabia que aquela batalha na mesa suja não falava mais de carteado, era uma briga antiga, que vinha se travando fazia era tempo.

Tonto, Bastião suava as mãos nas cartas ensebadas, sabendo-se perdido. Aqueles dois e três, diferentes em números e desenhos, não iam lhe ajudar em nada. Era homem, já tinha dado a palavra, não tinha como voltar atrás. Mas o que possuía ainda? Ia apostar o quê?

Como que tivesse ouvido, o companheiro de mesa, mesmo em frente, falou sem lhe olhar nos olhos; falou sem bulir a boca, veja só. A voz ecoava era da cabeça do violeiro, como dita dentro de um pote de barro.

— Bastião.

O músico tremia que nem galho de aroeira em dia de chuva, não sabia como aquilo podia estar acontecendo. Ou sabia, mas não queria admitir, queria nada.

— Eu tô aqui pra gente fazer um negócio, violeiro. Tu me chamou e eu vim. Tu me chamava sempre, tanto que eu me interessei, sabia? Eu tenho uma coisa que você quer e você tem uma que eu quero. Só basta dizer sim. Essa ruma de excomungado aqui nem vai saber. Pra eles você vai ganhar de mim, e esse vai ser só o começo da sua vitória, irmão. E eu só quero uma coisa sua, e uma coisa que você só vai me dar quando terminar de usar, quando terminar de viver. Viver de verdade, e não se arrastar pelo meio dos dias, como você tem feito.

Ao contrário do que pensou, Bastião falou sem demora:

— Apôis eu aceito!

A risada seca e satisfeita lhe ecoou dentro da cabeça como quem grita em uma chapada.

— Olhe as suas cartas, Sebastião.

Gelado, o violeiro baixou a vista e viu se formar em seus dedos a mais perfeita mão de cartas. Antes que pudesse baixar, ouviu mais uma vez a voz.

— Agora estamos é juntos, danado. Eu e você. De dentro pra fora. Tu abriu teu coração pra mim. Agora eu conheço você como se tivesse nascido. Você não vai se arrepender, Bastião. Vai nada.

— Bastião!

Acordado pelo sacode do amigo, olhou de novo pras cartas e sorriu quando viu que ainda estavam ali. Temendo sumir do sonho, baixou.

— Taí! Ganhei! Bebida e puta pra todo mundo! — gritou ansioso. Em sua frente, o homem de chapéu sorria.

— *Seu Sebastião?*

O velho a olhou, sentindo o vento nos poucos cabelos brancos e finos como algodão.

— Chegue, deixa eu botar essa camisa de manga. O senhor não pode se resfriar. Tempo doido esse. Frio no sertão, quem já viu?

Frio.

Sentado na beira do rio, Sebastião mijava firme, tentando espantar a friagem com o brejeiro encostado no bico. Subindo o zíper, deu foi um pinote quando notou a cobra, que, sorrateira, se esgueirava por dentro da mão canhota.

— Condenada!

O grito trouxe Tenório correndo.

— Que era, Bastião? Danado foi isso?

Mas antes que pudesse responder, uma voz conhecida lhe cochichou dentro do juízo:

— Tenha a sua paciência, menino. Deixe ela fazer o meu trabalho.

Angustiado, Bastião dispensou Tenório com um gesto, que voltou pra fogueira improvisada, tomando conta do jantar.

Sentindo a serpente deslizar por entre os dedos, Bastião entendeu. Tocava sim a sua viola, mas, passava o que desse, nunca tinha sido um bom violeiro, até ali.

Ansioso, viu o bicho descer pelo punho e alcançar-lhe os calcanhares, enquanto sumia por dentro da noite, como se nunca tivesse nem vindo.

— Venha jantar, Bastião — disse Tenório, enquanto colocava no prato o feijão enlatado quente no meio de uns restos de carne com farinha.

Sem responder, Bastião pegou a viola do saco, encostou a perna na pedra grande em frente ao lago, e tocou. Com os dedos enfincados nas cordas, Sebastião tocou a mais triste e bonita música que Tenório já tinha ouvido na vida; e mais que isso, muito mais: era como se a canção dissesse tudo que os dois tinham passado, e como se entendesse o rumo que os dois tinham tomado.

Engasgado, Tenório não conseguia falar. E, naquela noite de lua, os olhos afogados de Bastião eram bem dizer duas estrelas, que agradeceram ao outro.

— Vai te danar, hômi — disse, enquanto enxugava as lágrimas, sem jeito. — Tu vai comer tanto do priquito tocando assim!

Saudoso, o velho baixou os olhos em uma risada contida.

— E tá rindo de quê, seu Sebastião? Me diga aí.

Como que pego no meio de uma safadeza, baixou seus olhos, envergonhado.

— O senhor não é lá muito de conversa, né? — perguntou Lúcia, quase afirmando. — Pois é, me disseram isso aqui. Mas né ruim não. Eu já acho que falo demais, vai saber.

— Deixe ele entrar, Noaldo, esse é dos meus! — disse Bastião ao segurança na porta do camarim improvisado na boleia do caminhão. — Ajude ele a subir.

Na cabine, ficaram lado a lado. Bastião e Tenório, sem fala por alguns minutos, pra depois se perderem em um abraço forte, saudoso, daqueles que não se quer largar.

Era tanta da palavra que não se sabia o que dizer. Foi Tenório que tentou.

— E você, hômi? E esse show? E esse povo todo?

— Pra tu ver. Melhorei um pouco desde as nossas andanças por aí cantando por cumê, foi não?

— Ora se!

— E você? — O outro não lhe soltava o braço, como se tivesse medo da resposta.

— O de sempre — murmurou, constrangido, Tenório. Silêncio.

— Faça o seguinte, tamos de saída. Foi um show bom, agenda cheia aí pelo interior, vamos comemorar. E tu vai com a gente — disse Bastião, consumido de felicidade.

— Vou não o quê? — concordou Tenório, empolgado.

Com o canto de boca, Bastião riu, apontando com a cabeça as duas mulheres sorridentes, embaixo.

— Tem morena e tem galega.

— Morena — decidiu o amigo.

— O senhor acha que eu falo demais?

Sebastião pegou a mão de Lúcia, como se quisesse responder. E sentiu um frio lhe correr a espinha. Havia quanto tempo não encostava em ninguém? Havia quanto tempo ninguém encostava nele?

Educada, a moça segurou a mão do velho, pois sabia que ali a safadeza já tinha ido embora fazia tempo. Ou o corpo já não respondia ao que a cabeça queria.

— Vamo entrar que o vento já foi demais.

Bastião era velho, já não tinha mais querer; as vontades mesmo foram se perdendo por dentro de si, já nem sabia mais onde andavam.

Dentro do quarto, Lúcia encostou a cadeira de rodas perto da janela.

— Deixa eu apoiar as costas do senhor pra ficar mais confortável.

Com um olhar astuto, a moça percorreu o quarto e esbarrou em algo, encostado no pé da parede.

— O que é isso, seu Sebastião?

Antes que o velho pudesse dizer não, Lúcia pegou o instrumento, ainda na capa, e abriu sem pedir licença.

— E o senhor toca?

— Mais uma aí, Bastião da Viola! — gritava o povo, um pouco embriagado, um pouco emocionado.

Antes que pudesse cravar os dedos na viola, Tenório se meteu.

— Minha gente, deixem o homem descansar! Agora é só cana e mulher, pra todo mundo.

O grito ensurdecedor de alegria foi lentamente acalentado pelos boleros roucos da radiola de ficha, que balançou de leve o cansaço daquele povo.

Esgotado, por dentro e por fora, Bastião sentou-se junto a Tenório.

— Sabia que tu tava morto — disse Tenório.

— Morto é apelido.

— E tá feliz? — perguntou o amigo, lhe segurando a mão.

Antes que pudesse responder, Bastião notou, com um aperto ruim no coração, o homem entrando, decidido demais pra andar querendo se divertir.

Foi coisa de um estalo pra ficar em frente a ele.

— Isso é pra você aprender a nunca mais mexer com mulher dos outros, seu cabra!

Foi num estalo, como disse, num susto de nada que o outro puxou a pistola carregada e atirou. Um dois três, três tiros.

Pegou um só.

Pegou um só mesmo na cabeça de Tenório, que se jogou pra frente do amigo.

Se jogou pra frente do amigo e morreu dali nem meia hora, porque não dava tempo de chegar em hospital. E nem sabia se tinha, na verdade.

Bastião gastou o que pôde no melhor enterro que já se viu. Mas e a falta de Tenório dentro do peito? Quem ia enterrar?

Derrotado, o velho só sacudiu a cabeça.

— Que pena, seu Sebastião. Eu gosto muito de viola. Acho lindo demais quem toca.

Dentro da mata só se ouvia o tectec das botas, amassando o verde duro, seco.

E o medo na garganta segurava qualquer palavra. As coisas que aqueles dois tinham visto levaram embora qualquer tipo de ilusão, deixando só a fé sobrar dentro do peito, como o badalo de um sino.

Ansiosos, apressaram o passo. Mas pararam.

O bicho.

Pararam em frente ao bode preto, bem dizer quase em pé na clareira, limpa, cortada como que por arado, formando um encontro de estradas que não davam pra lugar nenhum.

— Bastião. — Sebastião não respirava. Tava o bode e tava a clareira, mas a voz era de longe, da pedra, da árvore, de tudo. — Disse que tu num viesse, que ainda não era hora, mas, já que tá aqui, vamo embora.

Desorientado, Tenório tomou a frente segurando pateticamente o inseparável rosário bento.

— Vade retro, condenado!

O bode berrou em resposta, e a zuada sumiu por cima dos morros, por dentro da noite.

— Trato feito é trato cobrado; ainda que não hoje, o combinado vai ser realizado. Avie! Vá simbora sem olhar pra trás! Mas, pelo abuso e pra se lembrar, um pedaço de você, Sebastião, eu ainda vou levar.

E sumiu como chegou, enquanto os homens corriam perdidos por dentro da mata.

— *Viola, violão. Veja só, Sebastião.*

O velho arrepiou-se. Só ali entendeu.

— Diz que o bom violeiro sozinho não se faz, Sebastião. Pra tocar tão bem assim, carece sempre de um pouco mais.

O coração do velho espocava dentro do peito.

— Trato feito é trato cobrado, Sebastião. E o seu nome aqui, comigo, já tava guardado.

Os olhos verdes, o pedido pra entrar, o homem de chapéu no canto do bar quando Tenório morreu. Sorrindo, sorrindo. Seu pedaço que foi levado. A criança, o homem, o bode, a mulher. Todos juntos, cada um de um jeito, cada uma na sua hora. E a hora de todos era agora.

— *Sebastião. E a sua graça?*

— Tenório — respondeu enquanto notava o instrumento pendurado.

— Indo pra cidade?

— Sim.

— Violeiro?

Em resposta, o outro apenas sorriu.

CESAR BRAVO nasceu em 1977, em Monte Alto, São Paulo. Sendo um devoto convicto do gênero horror, seus livros rapidamente atraíram atenção e reconhecimento dos leitores e da crítica especializada. Pela Darkside, o autor já publicou *Ultra Carnem*, *VHS: Verdadeiras Histórias de Sangue* e *DVD: Devoção Verdadeira a D*. Bravo também traduziu *The Darkman:* O homem que Habita a Escuridão, poema ilustrado de Stephen King que introduziu o icônico Homem de Preto nas obras do autor norte-americano. Em 2020, organizou a coletânea, *Antologia Dark*, também em homenagem a King.

AGOURO

Cesar Bravo

Ele se chamava João dos Anjos e tentava deixar o passado para trás. Os gritos, o sangue; o sofrimento que o tornava o mais condenado dos homens de Espigão. A favela onde morava com a esposa e o filho ficava nos arredores de Seis Chagas — a cidade não era uma grande metrópole, mas a pobreza da periferia deixava o ar carregado, opressivo; nada havia que diferenciasse Espigão dos piores subúrbios das capitais. O cheiro do esgoto, o olhar moribundo das crianças, os vizinhos que se reproduziam como ratos.

— João? Ainda está comigo?

O homem usando terno à frente de João era o pastor da Igreja do Eterno Sacrifício. Euclides tinha chegado à favela havia pouco tempo e se estabelecido por lá com sua nova congregação.

Lentamente, João ergueu os olhos, sem mover o pescoço. Manteve os braços unidos apoiados nas pernas que desciam da cama e suspirou. Seus olhos continuavam cheios e vermelhos — segundo sua esposa, estavam assim fazia alguns dias.

— Eles estão atrás de mim, pastor.

— Eles?

João desviou o olhar e o manteve na janela entreaberta, que permitia um pequeno facho de luz.

— O senhor sabe alguma coisa sobre o meu passado?

— Bem pouco, João. Por que não me conta?

— Eu também não nasci nesse lugar podre, sabe? Assim como o senhor, acabar nesse fim de mundo não foi escolha minha.

— Você não me conhece o suficiente para dizer isso, João. Estou aqui para ajudá-lo, a todos vocês. Por que não tenta me contar quem são eles? Ou pode começar me dizendo o motivo de você ter vindo para cá.

— Eu estava preso — João confessou. Sem se levantar, esticou o tronco, como quem se prepara para repelir uma lição de moral.

— Não vim até aqui para julgá-lo, João. Todos nós cometemos erros, Deus nos permite errar para que possamos reconhecer seu amor.

Do outro cômodo do casebre coberto com paus e lona, uma criança começou a chorar. A dona da casa arrastou os chinelos pelo chão de terra batida e pareceu apanhar o bebê nos braços. A criança chorou ainda mais.

— É esse barulho dia e noite. — João levou as mãos à cabeça novamente abaixada. — Meu filho grita sem parar. Quando tem fome, quando tem frio, quando não sabe o que fazer com a própria vida.

— Uma criança é uma benção, João. Se Deus colocou um bebê em seu caminho, é porque ele confia em você.

— Deus me detesta, pastor Euclides. Ele me odeia tanto que permite que eles me atormentem.

O pastor soltou os braços ao longo do corpo, como quem descarrega um pouco da tensão do dia, e voltou a cruzá-los sobre o peito.

Euclides chegou à casa de João perto das duas da tarde, logo depois de visitar outra família, no canto leste da favela. Segundo contou à esposa de João, o dono daquela casa espancava a mulher quase todos os dias e, quando não a agredia, era porque estava bêbado demais para continuar de pé.

— Por que não me conta o que tem atormentado você? Sua mulher está preocupada. Ela me contou que você não come, não dorme, que não tem vontade de sair de casa. Um homem não pode viver com a cabeça e o estômago vazios, João, faz mal para o juízo.

— Eu queria estar vazio, pastor. Eu agradeceria a Deus por isso. — João se levantou e caminhou até a janela entreaberta. O sol iluminou sua pele marrom e seus cabelos crespos, que estavam encardidos e mal aparados. — Eu estava preso naquele chiqueiro há dois anos. Meu menino tem quase a mesma idade. A polícia me pegou um pouco antes dele nascer. Não vou dizer que era um santo até cair naquele lugar, mas eu não gostava do crime. Entrei nessa vida para conseguir o sustento.

Quantas vezes Euclides tinha ouvido aquela mesma história? Por que todo homem pobre parecia forçado ao crime? À delinquência? Era como se todo caminho reto não desse a eles um simples prato de comida. Uma desculpa cômoda, bem sabia.

— Deus nos dá a sabedoria para escolhermos o que é certo e errado. Se você errou, sabia o que estava fazendo. Eu já estive nesse mesmo caminho escuro, meu amigo, acredite. Já cumpri pena, matei uma pessoa. Quando Deus me tocou, meu coração estava endurecido como aço.

— De onde eu venho, Deus vira as costas, pastor. Foi o que aconteceu na última rebelião. — Euclides esperou em silêncio até que João continuasse. — O povo daqui não sabe o que é ruindade, pastor. No norte, o crime não faz muita diferença em matar um rato ou outra pessoa. Na periferia, tem gente sendo linchada na rua quase todo dia, tem veado apanhando porque andou de saia. Eu já vi uma mulher sendo arrastada por um carro porque o homem dela chegou em casa e não tinha nada no fogão. Mas eu não estava pronto para o que encontrei dentro daquele presídio.

— Alguém está te ameaçando? João, pode ser sincero comigo, você ainda é um foragido?

— Se o senhor tivesse matado meio mundo ia fazer o quê? Ficaria esperando? Quando tomaram os guardas e abriram as portas do presídio, quem tinha juízo e perna boa correu pra longe. Eu fiquei entocado no esgoto dez dias, só depois tomei coragem para sair do buraco e ganhar a estrada.

— Ninguém vive com medo, João. Talvez seja melhor se entregar, para ficar em paz. Depois de rebeliões, a polícia costuma transferir os presos, é provável que os homens que ameaçaram você nem estejam por lá.

— Eles não estão por lá, pastor. É o que estou tentando dizer. — João dos Anjos começou a andar pelo quarto, arrastando o chinelo havaiana contra a terra endurecida do chão. Estava sem camisa, tão magro que suas costelas desenhavam um exoesqueleto em seu corpo. Havia marcas nele, cicatrizes. — Quando a coisa explodiu no presídio, todo mundo virou animal de vez. Era gente se batendo, se mordendo.

De repente, apareceu um facão na mão de um, um revólver na mão de outro. Era tanta gente gritando e morrendo que a gente não ouvia nosso próprio pensamento. Eu tentei ficar longe. Eu era um coitado, um vagabundo que não tinha relação nenhuma com as facções daquele lugar. Mas aí todo mundo começou a se pegar. Branco, preto, índio, eles separavam a cabeça dos corpos quando alguém caía no chão. Eu vi gente perdendo os braços e as pernas enquanto estavam vivos. Eles gritavam, e... Eu ainda escuto eles gritando, bem aqui! — João golpeou a própria testa com a palma da mão.

— Você precisa de tratamento, João. É claro que está traumatizado depois de tudo o que viu.

— Quando eles não gostavam de alguém, era pior. Porque não bastava arrancar os pedaços deles, eles tinham que humilhar, tinham que apagar o rastro dos condenados. Eles começaram a abrir as barrigas dos homens e jogar lixo dentro, mandavam a gente fazer a mesma coisa; se você negasse, acabava morrendo junto.

— Santo Deus, que tragédia. Eu não tinha noção do que está me contando, não desses detalhes. João, precisamos do auxílio de Deus na sua vida. Se você voltar para a Igreja, podemos tratar desse sofrimento.

João parou com aqueles passos lentos e voltou a sentar na cama. Sacou um cigarro da bermuda e o acendeu. Deu um trago que minou metade do Derby e soltou a fumaça pelo nariz.

— Eu não sofri quando fiz aquelas coisas horríveis. Chegou a um ponto em que eu comecei a gostar do que acontecia. Em uma cadeia, a gente sempre faz inimigos. Gente que te espera no chuveiro, gente que vive para desgraçar os seus pensamentos. Não é todo dia que a gente tem a chance de acertar as contas. — João sorriu e deu outro trago em seu cigarro. — Eu me lembro de um coitado que pediu para morrer depressa. Sabe o que eu fiz, pastor? — João mantinha o riso gasto no rosto, uma satisfação que passava bem perto da loucura. — Eu arranquei os dedos dele com um alicate. Um por um. Eu ouvi aquele corno gritar e gritei junto, só que de alegria.

— Se quiser a ajuda de Deus, precisa deixar isso de lado. Pensar em toda essa tragédia está tirando seu juízo. Deus perdoa, meu filho. Já perdoou gente bem pior do que você, mas nós também precisamos nos perdoar.

Ainda sentado, João girou o pescoço para a direita, tão rápido que Euclides se sobressaltou na cadeira.

— O que foi?

— São eles, pastor. Não tá ouvindo?

Euclides continuou calado e manteve a atenção em João.

— Eu só ouço o seu filho chorando. Foi isso o que perturbou você?

João tornou a girar o pescoço, dessa vez para uma das paredes do casebre. Havia uma mancha escura na parede: poderia ser urina — além do suor de João, era o cheiro mais forte daquele lugar —, mas tinha a cor de piche.

— São eles — repetiu.

— O que mais aconteceu no presídio, João? O que ainda não me contou?

Antes do último trago no cigarro, João usou a brasa para acender mais um. A fumaça branca subiu e brincou com ele, formando rostos demoníacos contra a pouca luz que vencia a janela.

— Quando um dos lados venceu, eles enfileiraram os últimos homens. Oito deles e, pelo meu entendimento, os sete primeiros mereciam morrer. Eram raça ruim, gente criada no crime e no tráfico, do tipo que nem a sua Igreja e Deus Nosso Senhor conseguiriam salvar. — Euclides apertou as mãos, mas não contrariou o homem. Um pastor precisa saber a hora certa de alimentar uma ovelha. Quando elas estão com medo ou cheias de raiva, tratam a comida como veneno. — Outro detento — João continuou —, Pedro Falcão, chegou com uma garrafa de gasolina e me mandou segurar. Eu peguei o plástico e quase deixei cair no chão. Minhas mãos estavam molhadas de tanto sangue. Tinha pedaço de pele grudado na minha roupa, as moscas ficavam rodeando a gente, como se todo mundo fosse feito de merda.

— E não eram? Você mesmo disse que eram homens ruins, meu filho.

— Não todos eles. O Fome era o oitavo homem deitado no chão, um coitado. Os presos faziam ele de mulher e só deixavam ele comer alguma coisa quando ele... quando ele permitia. O senhor entende o que eu digo?

— Acho que sim, João. Eles forçavam o rapaz.

— Mas o Fome era inofensivo. Estava há tanto tempo naquela miséria que ele nem ligava mais. A gente via ele andando pelas celas à noite, se oferecendo em troca de um pedaço de pão que alguém rejeitou.

— O que aconteceu depois, João?

— Pedro Falcão mandou eu derramar a gasolina nos homens. Um deles já tinha perdido um braço, e ele gritou tanto que eu ainda escuto o eco quando tento dormir.

— Deus tenha piedade. Vocês queimaram os homens vivos?

— Eu tive que obedecer. Mas, no último momento, quando eles já estavam pegando fogo, gritando e se contorcendo, eu olhei nos olhos do Fome. Ele não gritava, não se mexia, eu só sabia que ele estava vivo porque o peito ainda subia e descia. O corpo de um dos homens explodiu e um monte de nojeira saiu dele. Pedro Falcão começou a debochar. Eu não, eu continuava olhando para o Fome. Continuava arrependido do que acontecia com ele. — João tomou algum fôlego. — Então tudo aquilo teve fim. A polícia matou alguns homens, outros conseguiram fugir. Mas eu nunca fugi de verdade, pastor. Eu continuo preso a eles, ainda estou vendo o sangue, ainda escuto os pedidos.

— E o que eles querem?

— Nos primeiros dias, eu só ouvia os gemidos. Todas as noites, a noite inteira. Eles gemiam tão alto que eu não conseguia dormir, gemiam mais alto que a choradeira do meu menino. Foi na segunda semana que eu comecei a sentir o cheiro. Já sentiu o cheiro de carne de gente queimada, pastor?

— Graças a Deus que não.

João dispensou um sorriso morno antes de continuar.

— Comecei a sentir fome um pouco depois, acho que foi por isso que a Mariana chamou o senhor. Eu tenho tanta fome que chego a ter vontade de comer terra. Mas eu não consigo, porque tudo o que cai no meu estômago tem gosto de detergente. Eu preciso de ajuda, pastor. Preciso de Deus ou eu vou morrer. E, se eu morrer assim, eu não vou pra um bom lugar.

— Você precisa da nossa Igreja. Nós temos vários irmãos que trabalham expulsando o Maligno. É isso que está acontecendo. Com tudo o que você passou, o Inimigo se interessou. Ele pode usar vozes, João. Pode se passar por animais e aparecer no meio dos sonhos. Volte para a Igreja e ore conosco. Deus vai perdoá-lo se você aceitar suas graças.

Assim foi feito e João frequentou a Igreja pelas duas semanas seguintes, com um sorriso confiante no rosto. Ele não ganhou peso, não ficou mais calmo, mas pelo menos estava conseguindo dormir. Ainda se irritava quando o choro do bebê o acordava no meio da noite, e era preciso muita oração para voltar a dormir, mas João se consolava com a Bíblia e conseguia. Mariana, a esposa, também estava empenhada em sua recuperação. Ela fazia vigília três vezes por semana, acompanhada por outras cinco mulheres da Igreja.

Euclides mantinha os olhos em João. Acompanhava seus depoimentos, suas orações, mas sabia que a estrada daquele homem estava apenas começando. Euclides conhecia bem cada atalho daquele caminho, cada desvio que devolvia os homens ao precipício da escuridão.

Em uma noite fria, seu telefone tocou às três da manhã. Euclides atendeu o celular e ouviu um homem chorando. Não reconheceu o número, mas seu coração suspeitou de quem se tratava.

Do outro lado da linha, o homem soluçava. Tentava falar, mas tudo o que Euclides ouvia era o som pastoso de uma garganta ameaçando travar.

— Sou eu, pastor. O João.

— O que aconteceu, meu filho? Está tudo bem com vocês?

— Ele está aqui, pastor — sussurrou. — Ele está dizendo que vai matar a minha mulher se eu não obedecer.

— De quem estamos falando, João?

Mais choro do outro lado da linha, mais daquele desespero que era quase contagioso.

— O homem da cadeia, o que sentia fome.

— João, me escuta. Isso é coisa do Inimigo. O homem está morto, você viu e outras pessoas viram. Ele vai continuar morto até o dia do Juízo Final. Foi o que conversamos, lembra?

— Não! — João gritou tão alto que o pastor afastou o telefone da orelha. — Ele está aqui, eu já falei! Fica me encarando enquanto eu falo com o senhor. Ele tem os olhos pretos, pastor, ele não é coisa de Deus! Ele estava perto da minha mulher, chegou a farejar as pernas dela como um cachorro no cio.

— Precisa sair daí, João. Estou indo para a Igreja, eu encontro você lá.

João começou a rir.

— Igreja? E o que vai fazer por mim? Orar? Pedir o dízimo? Não! — voltou a gritar. — Ele tem fome! Ele tem toda a fome do Inferno!

— Pelo amor de Deus, fique na linha. Eu volto logo. — Euclides deixou o telefone sobre a cama e apanhou uma camisa no guarda-roupa. Antes mesmo de vesti-la, devolveu o aparelho à orelha direita. — João? Tá me ouvindo, João? Que merda, João! — acabou gritando.

O caminho até a casa de João dos Santos tinha cerca de 300 metros. A noite estava úmida, o vento bufava, congelando o sereno sobre os corpos. Insones e viciados se empilhavam pelos bares, ouvindo suas músicas e bebendo seus venenos.

Euclides não parou de correr enquanto não cruzou a Viela Nove. Então ele se deteve, deixou os braços caírem ao lado do corpo e contou cada passo que o levaria até os dois policiais que bloqueavam a passagem.

— Eu conheço o dono dessa casa, o que aconteceu?

— Quem é o senhor? — um dos policiais perguntou. Assim como o colega, ele estava com uma arma na mão, movendo os olhos depressa pelos becos escurecidos da favela.

— Sou o pastor deles. Está tudo bem com a família?

— Deixa ele passar — outro homem disse. Este não usava fardamento, mas uma calça jeans e camisa branca.

— Tem certeza? — o policial confirmou.

— Ela precisa de algum consolo — o investigador respondeu ao policial fardado.

Euclides agradeceu com um aceno e pisou o barro pegajoso que o separava da entrada da casa. Encontrou Mariana sentada no sofá. Ela tremia e chorava; uma policial tentava tomar algumas notas.

— Mariana? Cadê o João?

A mulher ergueu o rosto transtornado e apontou para o outro lado da sala.

De onde estava, Euclides viu pés descalços; o resto do corpo estava protegido por um sofá surrado.

— Minha nossa. — Chegou mais perto.

João estava morto. Tinha cortes profundos no abdômen e nos braços; Euclides contou pelos menos dez perfurações. O sangue ainda deixava o corpo, alimentando um córrego vermelho que tingia o único tapete da sala. No rosto do cadáver, mais sangue, principalmente ao redor da boca.

— Ele ia matar nosso filho, pastor. Eu... — Soluços. — Eu levantei para ir no banheiro e quando voltei encontrei o João na cama, em cima do menino. Ele tinha arrancado um pedaço da perninha dele. Eu gritei e o João continuou mordendo o menino. O que eu podia fazer, pastor? Meu homem não estava nas mãos de Deus? O que aconteceu com ele?

Euclides retornou até Mariana e se abaixou para que os olhos se encontrassem. Em um gesto de misericórdia, a policial que os acompanhava se afastou um pouco.

— Como está o menino?

— Levaram ele para o hospital. Ele vai ficar bom, mas e eu? Como é que eu fico? — Mariana se atirou nos ombros de Euclides e o golpeou, externando parte da dor e confusão que a consumiam.

Euclides esperou que ela se acalmasse e a acalentou em um abraço.

Dentro dele, João ainda confessava:

"Eu não sofri quando fiz aquelas coisas horríveis."

"Não é sempre que a gente tem a chance de acertar as contas."

"Arranquei os dedos dele com um alicate, pastor. Um por um."

— Confia em Deus, Mariana. Ele sabe o que faz, minha filha. Ele sempre sabe.

VITOR ABDALA, jornalista carioca, nascido em 1981. Trabalha como repórter cobrindo as mazelas da cidade e do país. Foi membro da Horror Writers Association (HWA), organização internacional sediada nos Estados Unidos. É autor do romance de terror policial *Caveiras – Toda Tropa Tem os seus Segredos* (2018), finalista do Prêmio Aberst 2019 na categoria Melhor Romance de Horror. Também escreveu as coletâneas *Tânatos* (2016), *Macabra Mente* (2016) e *Pesadelos Tropicais* (2019). Participou de antologias no Brasil, nos Estados Unidos e na Grã-Bretanha.

Gás Lacrimogêneo

Vitor Abdala

Quando saímos do batalhão no fim da tarde para reprimir um protesto de trabalhadores em frente à sede administrativa do governo, eu não imaginava que, três horas depois, estaria acuado no chão da viatura policial, com a calça da minha farda molhada de urina. Rezando para que a lataria do carro e a escuridão protejam minha vida.

Está um pandemônio lá fora. Ouço gritos, além do som de tiros de armas letais. A espessa fumaça me impede de ver qualquer coisa do lado de fora, mas noto que o sangue ainda respinga eventualmente nas janelas do carro.

Talvez se o desgraçado do major Aragão não tivesse mandado a gente disparar aquela primeira saraivada de bombas de gás lacrimogêneo vencido sobre os manifestantes, nada disso teria acontecido. O protesto estava relativamente pacífico. As pessoas gritavam palavras de ordem, xingavam o governador, sacudiam suas bandeiras. Nem tocavam nas grades que separavam os manifestantes do palácio do governo.

Havia cerca de duas mil pessoas no protesto. Éramos cem policiais do Batalhão de Choque, especializado em controle de multidões, equipados com armas não letais, cassetetes, escudos e máscaras de proteção contra gás. Também havia mais cerca de cinquenta policiais que trabalhavam no próprio palácio e reforçavam a segurança em frente à sede do governo. Estes não estavam preparados para o confronto. Não tinham escudos nem máscaras de gás, apenas suas pistolas.

A manifestação foi um ato surpresa. Não fomos avisados com antecedência de que haveria aquele protesto ali. Reunimo-nos depressa. O comandante nos informou que manifestantes estavam se concentrando com grande rapidez em frente ao palácio. Não tivemos muito tempo para nos preparar. Acho que, desde o aviso até a nossa saída, só se passaram 15 ou 20 minutos.

Quando chegamos lá, por volta das 17h, já havia centenas de manifestantes. Posicionamo-nos por trás deles, deixando-os espremidos entre os nossos homens e as grades colocadas às pressas pelos policiais do palácio. A princípio, não fizemos nada. Formamos uma linha e ficamos parados, com nossos escudos postados à nossa frente. O protesto parecia não apresentar perigo, então não era necessária nenhuma medida de controle ou de dispersão da multidão.

Ficamos assim por cerca de duas horas. Os manifestantes xingavam o governador e cantavam suas músicas de protesto. Apenas isso. Estavam absolutamente sob controle. Não havia qualquer razão para que interviéssemos na situação.

Apesar disso, já sabíamos o que aconteceria em breve. O comandante da operação, major Aragão, logo perderia sua paciência e começaria a reger a manifestação sob seus próprios termos.

Aragão odiava ficar parado em manifestações. Ele estava doido para ter um pouco de ação e, quando já tivesse descontado todas suas frustrações naqueles manifestantes, voltar para o batalhão. E muitos de nós pensávamos da mesma forma. Nenhum de nós queria estar ali, sem fazer nada, vendo um bando de desocupados protestando contra um governador que não estava nem aí para eles.

Eu podia perceber, ao olhar para os meus colegas, que estávamos todos loucos para lançar bombas de gás, distribuir cacetadas e acabar logo com aquele protesto. Só precisávamos de um motivo, por mais insignificante que fosse. A hora de acabar com a festa era o momento que todos nós, policiais, sempre esperávamos com ansiedade.

Sempre nos divertíamos com aquilo. Deixávamos o ar irrespirável e, no meio da confusão que criávamos, saíamos batendo nas pessoas e prendendo aqueles que ousavam reagir às agressões. Sim, não vou negar que eu sempre achei isso divertido.

Mas, vendo agora o que está acontecendo lá fora, é ridículo pensar que provocar um caos como este possa ser divertido.

Já passava das 19h quando alguns manifestantes começaram a nos provocar, gritando palavras de ordem contra a polícia e fazendo gestos obscenos em nossa direção. Não havia qualquer razão prática para que partíssemos para o ataque.

No entanto, esse parecia ser um motivo mais do que suficiente para que Aragão desse a ordem para os primeiros disparos. Enquanto uns seguravam os escudos, outros lançavam as bombas. No início, parecia que tudo seguiria a mesma ordem de sempre. A fumaça se espalhou rapidamente e o ar ficou irrespirável. Mas, em vez de uma névoa branca, o que vimos foi uma densa nuvem vermelha. E as pessoas, em vez de correrem, simplesmente caíram no chão e começaram a se contorcer.

Quando o Aragão percebeu que havia algo errado com aquele gás (e isso foi depois de alguns de nós começarmos a espancar pessoas caídas no chão), ele ordenou que parássemos de atirar. Ele sabia que daria uma grande merda se centenas de manifestantes simplesmente morressem asfixiados com gás lacrimogêneo vencido.

Em vez de prestar qualquer auxílio àquelas pessoas, retomamos nossa posição inicial e, por cerca de dois minutos, ficamos todos parados, espantados, como se não acreditássemos naquela cena. Quase todos os manifestantes estavam no chão, se contorcendo. Mas não eram só eles: os guardas do palácio, que não usavam máscaras de proteção, também tinham caído.

Apenas poucas pessoas continuavam de pé, além de nós, porque também usavam máscaras de proteção contra o gás. Provavelmente, eram jornalistas que estavam ali cobrindo a manifestação.

Então, o pandemônio começou. As pessoas que antes estavam caídas no chão começaram a se levantar, de forma grotesca, e a correr na nossa direção. Elas gritavam como loucas e avançavam sem medo de serem atingidas pelos cassetetes ou pelo spray de pimenta que nós começamos a despejar neles.

De início, conseguimos manter nossas posições, com a ajuda dos escudos. No entanto, logo que a primeira brecha foi aberta, o sangue começou a escorrer de verdade.

Não conseguia acreditar que o spray de pimenta não tivesse qualquer efeito sobre aquelas pessoas. A dor da pimenta entrando nos seus olhos é incomensurável. Não há qualquer explicação para que eles continuassem nos atacando, com os olhos abertos, mesmo depois de receber um jato daquilo diretamente no rosto.

O major berrava para que mantivéssemos nossas posições. Ele sabia que não seríamos páreo para duas mil pessoas vindo na nossa direção. Não havia ninguém com munição letal ali. Essa tinha sido uma determinação da Justiça. Uns três meses atrás, um juiz tinha decidido que os policiais do Batalhão de Choque não poderiam portar armas letais durante protestos, para evitar mortes.

Logo uma brecha se abriu próximo de onde eu estava e eles começaram a vir. Sargento Tobias nem deve ter visto de onde veio a barra de ferro que o acertou duas vezes. Da primeira vez, seu capacete foi derrubado. Da segunda, a cabeça exposta foi atingida pela barra com tamanha força que sua têmpora foi estourada, fazendo sangue voar em cima de mim e de outros que estavam próximos a ele.

Ainda atordoado, olhei para o outro lado e vi uma pessoa enfiando outra barra de ferro na barriga do cabo Loureiro e, em seguida, puxando suas expostas tripas para fora do corpo.

Alguns policiais ainda tentavam manter posição numa linha de defesa que já não existia. Então vi que os guardas do palácio, que também haviam se levantado, começaram a atirar com suas pistolas na nossa direção. Vários manifestantes tombaram. Mas nosso pelotão começou a ser atingido também. Soldado Nilson levou um tiro no olho e caiu no chão agonizando.

Uma onda de manifestantes continuava a nos atacar. Usei a coronha do meu lançador de bombas de gás para atingir uma mulher que veio na minha direção. Olhei para trás e vi a porta de um dos nossos carros aberta. Corri para lá sem olhar para trás, tranquei as portas e me deitei no chão, meio desajeitado.

E é aqui que agora me encontro. Não há mais barulhos de tiros — o último que escutei foi há cerca de cinco minutos. Ainda ouço, no entanto, alguns gritos. Rezo meu último pai-nosso e crio coragem para me levantar. Preciso saber o que está acontecendo. Tento continuar abaixado o máximo que posso. Levanto apenas o suficiente para que meus olhos alcancem a janela.

A névoa já se dissipou. Não há nenhum companheiro do batalhão em pé. Mas alguns deles, deitados, ainda estão sendo espancados por manifestantes. Deve haver apenas mais uns 30 ou 40 agressores em pé. Também estão de pé os guardas do palácio. Não consigo ver nenhum dos jornalistas. Devem ter fugido.

Alguns minutos se passam e me parece que todos os policiais do meu batalhão estão mortos. As poucas pessoas de pé, manifestantes e guardas do palácio, então caem no chão quase ao mesmo tempo e começam a se contorcer, como fizeram quando o gás lacrimogêneo vermelho os atingiu.

Tiro a máscara de gás, faço um sinal da cruz e coloco minha mão na maçaneta do carro. Realmente não há mais sinal de confrontos ou do gás vermelho. Parece que agora estão todos mortos. Meus dedos já estão prontos para abrir a porta, quando vejo uma fumaça vermelha saindo dos corpos de vários manifestantes.

Não consigo enxergar direito por causa da densa névoa vermelha que volta a se formar.

Isso dura cerca de um minuto, até que o gás começa a ser sugado para o meio do campo de batalha, concentrando-se todo ali.

Levanto ainda mais minha cabeça e colo-a no vidro. O gás começa a desaparecer e uma figura humana surge no meio daquele restinho de fumaça.

Acho que é um homem, mas não consigo ver seu rosto. Quando toda a névoa se esvai, ele começa a caminhar vagarosamente. Há algo estranho nele. De início, não consigo identificar o que é, mas logo vejo que ele não é feito de substância sólida. Ele é feito de fumaça. Uma fumaça vermelha. Mas é uma fumaça tão densa que quase compõe um corpo maciço.

Enquanto ele caminha, parece exalar um gás vermelho, não denso como o de seu corpo, mas algo parecido com aquele vapor que sai da boca quando se respira num dia muito frio. Não parece estar nu, mas também não consigo identificar qualquer vestimenta em seu corpo avermelhado.

Depois de caminhar alguns metros, ele se abaixa próximo ao corpo de um dos meus companheiros do Batalhão de Choque. Não consigo ver quem é o policial que está estirado ali. O estranho homem coloca sua cabeça a cerca de um palmo da boca do meu colega, que provavelmente está morto. Sinto meu coração se acelerar.

Uma bizarra fumaça preta sai da boca do policial e se move na direção do rosto do homem. Isso dura cerca de dez segundos, até que toda fumaça seja aspirada. Então, ele se levanta e se aproxima de outro corpo, outro policial. Vejo-o fazendo a mesma coisa com outros cinco corpos, todos de policiais. Ele simplesmente ignora os manifestantes caídos no chão, passa direto e segue até o próximo policial.

O corpo do qual ele aspira a fumaça preta neste momento está ao lado do meu carro. Estou petrificado de medo, sem saber o que fazer, com meu rosto colado no vidro. Sinto apenas meus dedos amolecendo e largando a maçaneta do carro.

O homem suga toda a fumaça preta daquele que agora identifico: é o major Aragão. Um pensamento mórbido invade minha mente e, de repente, começo a perceber o que aquele homem, ou aquela coisa, está fazendo. Ele está sugando a alma daquelas pessoas. O maldito está sugando a alma dos meus companheiros. O que era aquele gás? Que criatura é essa que está a poucos metros de mim sugando almas?

Como se tivesse ouvido minhas indagações, aquela coisa levanta a cabeça e olha na minha direção. Só então eu consigo ver o seu rosto. Ele não tem olhos. Há apenas um orifício, que se abre e se fecha, como se fosse a boca de um peixe. É a "boca" por onde ele sugou a alma dos policiais caídos. Ele começa a caminhar na minha direção e para a um palmo do vidro do carro, onde estou encostado.

A criatura fica parada por cerca de um minuto, me encarando mesmo sem olhos. Então, abre a boca e começa a sugar...

Eu fico apagado por um tempo. Quando desperto, estou em um lugar assustador. O céu é todo vermelho. Há nuvens em um tom vermelho mais escuro e o sol é negro. O chão é de terra batida e tudo é árido. Não demoro para perceber que não estou sozinho. Olho em volta e vejo meus companheiros de batalhão. Eles estão fardados, mas não estão armados e nem têm seus equipamentos de proteção.

Eles também parecem atordoados. Aproximo-me do major Aragão. Penso em perguntar onde estamos, mas desisto quando percebo que ele está tão perdido quanto eu. Com medo, chegamos perto uns dos outros até formar uma massa relativamente compacta de policiais.

Ao longe, vemos outras pessoas chegando. Algumas seguram escudos, cassetetes e armas lançadoras de bombas de gás. Outras erguem cartazes de protesto contra o governador. Elas não estão fardadas como nós. Logo percebemos que são os manifestantes e eles estão com máscaras de proteção contra gás.

Aquelas pessoas se aproximam de nós, batendo cassetetes contra seus escudos, e param a cerca de dez metros de onde estamos. Então, todas elas tiram suas máscaras ao mesmo tempo e vemos seus rostos. Elas se parecem com a criatura de fumaça que vi caminhando entre os corpos no local do protesto. Aquela maldita criatura que sugou nossas almas e nos jogou neste lugar infernal.

Os rostos não têm olhos, apenas bocas. Elas todas sorriem e depois colocam suas máscaras de volta.

Quando ouço o disparo de uma arma e a primeira bomba cai no meio de nós, policiais, liberando um gás pior do que qualquer outro que eu já tenha respirado, percebo que realmente estamos no inferno.

E tenho a impressão de que, pelo resto das nossas existências, não será tão fácil respirar.

GERALDO DE FRAGA nasceu no Recife, é jornalista, escritor e autor dos livros de contos *Histórias que nos Sangram* (2009) e *Medos Aleatórios* (2018). Também participou de coletâneas do site *O Recife Assombrado* e das antologias *Narrativas do Medo* e *A Maior Cidade Pequena do Mundo em Linha Reta*. Geraldo também integra a equipe do programa de rádio Toca o Terror, sobre obras do gênero, e foi argumentista da série de horror brasileira *Suplicium*, exibida em 2021.

YAOGUAI

Geraldo de Fraga

Sempre chove muito no Recife entre abril e julho, mas, naquela noite de sexta-feira, por volta das 22h, o céu ainda estava aberto. Estávamos parados na esquina da Guararapes com a Dantas Barreto e eu estava observando um cara suspeito do outro lado da rua quando Ferreira voltou para a viatura trazendo dois cachorros-quentes nas mãos. O cheiro de molho de tomate e vinagre impregnou o carro de tal forma que precisei baixar o vidro. Ele me ofereceu, eu recusei, então ele colocou um dos sanduíches em cima do painel e começou a comer o outro.

— Vai chover — Ferreira disse, com a boca cheia.

— Não parece — opinei.

— Mas vai...

— Estou desconfiado com aquele cara. — Apontei para o sujeito do outro lado da rua.

— Deixa o cara, doutor. Eu conheço — ele falou, antes de dar outra mordida no pão.

Meu apelido no batalhão era "doutor" simplesmente porque, ao contrário dos outros, eu tenho curso superior. Sou formado em economia, nada de mais, não tenho doutorado nem nada. Havia entrado na Polícia Militar dois anos antes pela estabilidade de um emprego por concurso. Queria trabalhar interno, mas, com os altos índices de violência, todo mundo teve que ir pra rua.

Ferreira só tinha segundo grau, falava "prástico" e "vrido", usava bigode e tinha uma barriga enorme. Esposa e três filhos, um deles gay, que ele pôs para fora de casa. Corrupto, cobrava propina de vários comerciantes da área. O pagamento era toda primeira sexta-feira do mês, que nem aquela.

O segundo cachorro-quente já havia sido devorado quando o celular de Ferreira tocou, um troço gigante, com um toque ensurdecedor. O nome "Davi" aparecia na tela brilhante como um outdoor de neon.

— Fala... como é que é? Tá certo... tu vai ficar aí até de manhã, né? Fica esperto que a gente vai se falando. Hoje eu pego aquele china filho da puta. — Essa última frase ele disse olhando pra mim.

O "china filho da puta" em questão atendia pelo nome de Ching-Ying Lam, um comerciante de produtos piratas que já estava por essas bandas havia muito tempo. Quando ele abriu um novo negócio na área comandada por Ferreira, meu colega foi lá cobrar seu imposto.

O velho não curtiu muito a ideia, mas pagou. Isso foi cinco meses atrás, mas, há dois ele não dava as caras e a nova loja estava fechada. Davi era vigilante da rua e olheiro de Ferreira, que havia dado o recado para ele avisar caso o chinês desse sinal de vida.

Começou a chover quando saímos para a ronda. É um bairro decadente, é verdade, mas eu gosto de olhar os prédios antigos da Guararapes e da rua do Sol e os sobrados. Acho interessante também as pessoas que varam a noite por ali. Os moradores de rua, as prostitutas, carroceiros que reviram o lixo deixado durante o dia à procura de algo que ainda tenha uso. Cada um tem uma história pra contar, mas ninguém que se interesse em ouvir.

Enfim, choveu forte por uns cinco minutos e depois diminuiu. Tínhamos que ficar um tempo com a viatura no Pátio do Carmo. Antes, porém, Ferreira passou em três pontos para pegar sua propina: um bar, uma loja de confecções e uma lanchonete. Nesse último, o dono reclamou de um cara roubando na rua. Pegamos a descrição do indivíduo e prometemos resolver. Eu recebia 50 reais de comissão. Eu não precisava, mas aceitava. Pegava mal recusar, ficaria parecendo que eu reprovava. Demos uma volta na área e encontramos um sujeito parecido com o que o dono da lanchonete tinha falado. Ferreira nem se preocupou em averiguar se era mesmo o cara, já desceu da viatura mandando encostar e meteu o cassetete na cabeça do infeliz.

Depois o ameaçou e o mandou embora.

Finalmente, chegamos ao Pátio do Carmo. Nesse momento a chuva engrossou de novo. Não dava pra ver quase nada de dentro da viatura, parecia um dilúvio. Pelo que conheço do centro da cidade, eu sabia que as ruas já estavam alagadas ou estariam logo mais. Alguém veio caminhando na nossa direção e chegou até a minha porta. Mesmo com a visão limitada, deu pra ver quem era por causa da forma de andar.

— O que é, Maurício? Puta que pariu — gritou Ferreira, assim que eu comecei a descer o vidro.

— Tem um cadáver ali — disse Maurício, o vigilante daquela área, conhecido nosso.

— Cadáver? — perguntei de forma retórica.

— É. Ali dentro no bueiro perto da loja de óculos. Só tem o braço pra fora.

— Que conversa mole é essa? Eu não vou sair nessa chuva, vai você, doutor.

Peguei minha capa de plástico e saí acompanhando Maurício, enquanto ele ia me levando por um beco estreito até o local que tinha falado. Havia um cachorro vira-lata latindo incessantemente em direção ao bueiro. A uns três ou quatro metros, eu vi algo saindo do buraco, parecia uma mão, mas, além de ser muito maior do que qualquer mão de qualquer homem, ela se movia lentamente na direção em que a água escoava pelo beco.

— É um braço, tá vendo? — disse o vigia.

— Não é, você teve uma ilusão de ótica. Deve ser um pedaço de pano enroscado em alguma coisa — falei alto, por conta dos latidos do cão.

— Eu tive o quê? — ele perguntou, gritando.

Então ambos ouvimos o ganido do cachorro. Era mesmo uma mão e ela havia segurado uma das patas traseiras do bicho e tentava puxá-lo para dentro do bueiro. O animal se debateu, rosnou, tentou morder, mas no fim foi vencido e sumiu para dentro da calçada.

Ficamos em silêncio, Maurício e eu, na chuva, olhando na direção do bueiro, tremendo, não sabíamos se de frio ou de medo. Provavelmente de ambos. O vigia montou em sua bicicleta e partiu sem se despedir nem dizer qualquer outra coisa, apenas balbuciou algumas palavras que não consegui entender. Acho que estava rezando.

Voltei para a viatura para encontrar Ferreira com um sorriso no rosto.

— Vamos lá no chinês. Davi disse que acabou de chegar gente lá na frente da loja dele — disse ele, sem nem querer saber o que havia acontecido lá fora. — E tira a porra dessa capa. Tá chovendo aqui dentro?

Seguimos em silêncio até a rua da loja de Ching-Ying Lam, que fica bem próximo de onde estávamos e que, como era de se esperar, estava alagada. Ferreira parou perto de uma marquise, onde Davi estava nos esperando. O vigia entrou na parte de trás da viatura e contou o que tinha visto.

Quando ele chegou, viu a luz acesa e, então, deu o primeiro telefonema. Ele não tinha visto ninguém entrar ou sair da loja. Depois, ele viu uma mulher saindo correndo do prédio, mas nem sinal do velho. Esse segundo telefonema, ele deu na hora em que a mulher retornou ao prédio, agora acompanhada de um cara. Ambos chineses, Davi afirmou.

— Vou lá — disse Ferreira.

Ele acelerou e o carro fez algumas pequenas ondas na rua. Eu não parava de olhar para os bueiros, todos entupidos, por onde a água não escorria. A chuva pelo menos tinha parado. Em frente à loja do chinês, Ferreira saltou, tão aflito pelo dinheiro que nem se importou em molhar as botas. Mesmo desconfiado, eu o segui. Davi saiu e ficou do outro lado da rua, fingindo que não tinha nada a ver com a história.

Duas batidas fortes na porta de madeira e um jovem chinês magro, de cabeça raspada e com os olhos tão puxados que pareciam, na verdade, estarem fechados, saiu para ver quem era. Seu rosto não era muito amigável. Ele disse algumas palavras em mandarim (acho) e bateu a porta na nossa cara.

Ferreira ficou puto e bateu de novo. Dessa vez foi a mulher quem surgiu. Jovem de cabelos pretos e longos, e tão magra quanto o rapaz.

— Cadê o velho? Eu sei que ele está aqui.

— Não tem ninguém aqui — ela disse em um português ruim. Parecia apavorada.

— Não me engane — ameaçou Ferreira.

A mulher deu um passo para fora e nos distanciamos da porta. "Yaoguai", ela disse. "Yaoguai", repetiu, com os olhos esbugalhados, nos alertando. De repente, o jovem apareceu de novo, dessa vez com um facão na mão e gritando em nossa direção. Eu e meu colega sacamos as pistolas e falamos para que ele soltasse a arma.

— Ele não entende, não entende — gritava a chinesa com as mãos na cabeça.

Ferreira era barrigudo, mas os anos de polícia tinham lhe dado certas habilidades. Ele aproveitou uma breve distração do magricelo e acertou um chute no seu saco. O cara caiu se contorcendo de dor e soltou o facão. Corri e o algemei. A mulher se ajoelhou e começou a chorar. Colocamos o cara no porta-malas da viatura e joguei o facão no banco do motorista.

— Vamos subir — disse Ferreira e eu o segui.

Subimos até o primeiro andar, e lá só havia um grande salão onde não encontramos ninguém. No piso seguinte, porém, nos deparamos com algo que eu nunca pensei que veria na vida. O corredor tinha quatro quartos. Em cada um dos três primeiros, três ou quatro garotas chinesas escondidas entre lençóis e caixas de papelão.

Não sei se Ferreira entendeu o que acontecia ali, mas ficou claro pra mim que o velho não mexia só com pirataria. Aliás, nem só também com prostituição. No quarto seguinte, bem maior do que os outros, encontramos Ching-Ying Lam. O cômodo estava alagado; a chuva, forte naquele momento, caía pelo teto esburacado. Havia muitas velas, mas nenhuma acesa. O vento circulava lá dentro.

No centro, sentando em uma cadeira de balanço sobre uma poça de sangue, estava o cadáver encharcado do velho chinês. Ele estava sem camisa e usava apenas um lençol cobrindo a parte de baixo do corpo, o que permitia ver suas tatuagens gastas pelo tempo. Ideogramas e mais ideogramas. Nas paredes, símbolos, que pareciam idênticos aos da sua pele, pintados com tinta verde. Ainda dava para sentir o cheiro: os desenhos eram recentes.

Tirei o lençol, mais por curiosidade mórbida do que por qualquer relevância diante daquela situação. As pernas de Ching-Ying Lam, do joelho para baixo, não tinham mais pele e quase nenhuma carne. Escutamos um barulho de vidro quebrado e alguns estouros vindos lá debaixo. Descemos às pressas, porém com cuidado. Eu na frente, Ferreira depois, tremendo-se todo.

Lá fora, encontramos a viatura sem o vidro do porta-malas e com dois pneus furados. Nenhum sinal do chinês magricelo. A água estava quase na altura dos nossos joelhos: a chuva era uma tempestade. Era difícil até de ouvirmos um ao outro. Tentei usar o rádio para pedir ajuda, mas não funcionava.

De repente tiros, uns quatro. Ferreira passou correndo de volta ao prédio. Quando chegou na porta gritou e fez sinal para que eu fosse também. Saí em sua direção, porém alerta ao que acontecia ao redor. Pensei ter visto alguma coisa na água, como um peixe enorme ou uma cobra.

Lá dentro, Ferreira encostou-se na parede e me olhou com os olhos esbugalhados.

— Tinha um monstro. Um monstro — repetiu.

— Que monstro? — perguntei.

— E eu sei lá, porra.

— O que você viu?

— Um bicho verde. Ele se levantou de dentro da água... mas ele era muito grande pra caber inteiro na água. Ele era maior que eu... maior do que você, era grande. Atirei nele, mas não sei se pegou. Ele entrou em um bueiro, um pequeno. Como pode?

Bateram na porta. "Sou eu", gritou uma voz de mulher. Abri a porta. A chinesa estava furiosa.

— O que houve com o nosso carro? — indaguei.

— Yaoguai. Eu disse. Você não ligou — queixou-se.

— E seu amigo, o chinês?

Ela passou o dedo indicador direito no pescoço e me encarou de uma forma acusadora. Uma nova batida na porta, mas, dessa vez, uma que quase a colocou abaixo. Subimos as escadas correndo até o primeiro andar.

— Por que você voltou? — questionei ela.

— Meninas. Vim ajudar meninas.

Na janela, por cima dos ombros dela, vi uma coisa esguia escalando a parede da loja pelo lado de fora. Lembrei do buraco no teto.

— Ferreira, temos que sair daqui e correr.

— Vamos ligar para o batalhão — disse ele, pegando o celular.

Então alguém atirou duas vezes e deu para ouvir um grito que não se parecia com nenhum animal, mas sabíamos que era do bicho.

— Alô? Quem é? Cláudio, porra, manda uma viatura pra cá. Na rua... na rua... puta que pariu, como é o nome dessa rua? Alô? Alô? Porra, a ligação caiu.

— Ferreira, vamos embora.

Desci as escadas com arma em punho. Não quis saber se alguém me seguia. Abri a porta e vi quem tinha dado aqueles tiros. Davi estava na loja da frente. Fui até ele. Tinha parado de chover, mas a rua continuava com a água nos joelhos.

— Acertei ele, a arma é velha, mas funciona — falou o vigia, assoprando o cano do .38.

— O que era?

— Sei lá, aqui no centro tem de tudo desde que esses chineses tomaram conta.

— Ele morreu?

— Não. Fugiu.

— É seguro aí dentro? — perguntei, apontando pra loja.

— Contra aquele bicho, não sei. Ele é grande.

— Cadê seu celular?

— Caiu na água. Perdi.

Ferreira saiu pela porta devagar, olhando para os lados. Fizemos sinal e ele nos viu. Veio caminhando devagar na nossa direção , a farda encharcada pesando. De repente ele parou, virou a cabeça para o lado, gritou e subiu a duras penas no capô do que sobrou da nossa viatura. Mais ou menos uns 100 ou 200 ratos vinham nadando no curso que a água seguia. Alguns subiam no carro; Ferreira tentou desviar deles e então caiu.

Caiu feio, de cabeça. Desmaiado, morreria afogado. Eu precisava tirar ele de lá. Fui correndo da forma mais rápida que conseguia e, então, algo surgiu de baixo da viatura e se colocou entre mim e meu colega. Tinha pernas e braços, era verde e seus olhos eram de um amarelo forte.

Eu tinha guardado a arma e me arrependi na hora. Fui deslizando a mão devagar até o coldre enquanto o bicho me olhava. Mas, antes de chegar até a pistola, Davi descarregou seu .38 nele: os quatro tiros restantes do tambor bem no peito do bicho. Um sangue amarelo-escuro saiu dos ferimentos, ele abriu a boca mostrando várias fileiras de dentes e partiu para cima do vigia, passando direto por mim. O monstro saltou e o imprensou contra a parede do prédio. Ouvi o som dos ossos quebrando.

Corri em direção a Ferreira, me sentei ao seu lado e puxei-o para junto de mim, tirando sua cabeça para fora da água. Fiz respiração boca a boca, só que ele não respondeu. Chovia torrencialmente. O bicho estava caminhando em minha direção agora. Saquei a pistola e esvaziei o pente no miserável. Ele parou, cambaleou, mas não caiu. Pensei que eu morreria ali. Fechei os olhos.

Então vieram os gritos. Vários, estridentes, porém poderosos. A chinesa trouxe sua tropa de elite, as meninas que estavam lá em cima.

Um monte de chinesas magricelas, com roupas curtíssimas, mas que mais pareciam o Bruce Lee em uma batalha. Cada uma tinha uma faca ou qualquer outra coisa cortante na mão.

A líder foi a primeira a atingir o monstro. Ela trazia uma lança. Uma bem longa que tinha fogo na ponta, uma chama que a chuva não apagava. Primeiro, ela atacou sua perna, depois o ombro e, por fim, o pescoço. Quando o bicho caiu foi um massacre, todas ao ataque.

Fiquei lá com Ferreira nos braços, observando aquela cena épica. Ao fim, a chinesa veio até mim.

— Ajuda está vindo — disse e partiu com as outras garotas, caminhando na rua alagada como um exército fantasma. A água levou os restos mortais da criatura, que, agora sim, parecia um pano em pedaços. Era como se tivesse se dissolvido.

Não sei quanto tempo fiquei lá, mas a chuva não deu trégua em nenhum momento. Uma viatura chegou finalmente e levaram Ferreira para o hospital. Ele ficou um mês em coma e não resistiu. Contei a melhor história que consegui inventar, pus a culpa nos bandidos do centro, mas acabei sendo afastado pela corregedoria.

Espero que as meninas chinesas estejam bem.

É difícil não lembrar dessa história quando chove no Recife.

DUDA FALCÃO Escritor, professor de escrita criativa, editor e doutor em Educação. Tem seis livros publicados: *Protetores* (2012), *Mausoléu* (2013), *Treze* (2015), *Comboio de Espectros* (2017), *O Estranho Oeste de Kane Blackmoon* (2019) e *Mensageiros do Limiar* (2020). Também é um dos idealizadores e organizadores da Odisseia de Literatura Fantástica e do Prêmio Odisseia de Literatura Fantástica. Foi editor da Argonautas Editora e atuou na Feira do Livro de Porto Alegre, em diversas edições, como curador do evento Tu, Frankenstein. Em 2018, ganhou o 1º Prêmio Aberst de Literatura na categoria conto de Suspense/Policial. Em 2019, lançou as coleções *Planeta Fantástico* e *Multiverso Pulp*.

NECROCHORUME

Duda Falcão

Para meu pai, que me contou uma extraordinária história de pescaria de sua infância e minha esposa amada, que é uma ambientalista incansável.

Uilian dirigia a antiga picape Ford F-100 em marcha lenta enquanto passavam pela principal rua do vilarejo. A estrada era de paralelepípedos. Não havia mudado quase nada desde a última vez que estivera por lá, e isso já fazia mais de trinta anos. Ele beirava os cinquenta de idade e se lembrava do lugar de maneira nostálgica.

Talvez a principal mudança fosse o envelhecimento das habitações. Pareciam ter parado no tempo, como se ainda estivessem na década de oitenta. Uilian não viu nenhuma pessoa caminhando na rua; avistou ao longe apenas um cão sarnento que se embrenhou no meio do lixo acumulado em uma esquina à procura de comida. Eram sete da manhã de um sábado. Provavelmente todos ainda dormiam, descansando de uma semana árdua de trabalho. Pelo que sabia, a economia local se sustentava na agricultura, em especial as plantações de arroz.

— O que está achando, Rudi? — Uilian perguntou para o filho, que pestanejava de sono. Tinham deixado um hotel de beira de estrada antes das seis da matina.

— Estranho. Não tem ninguém.

— Não é só você que quer dormir até o meio-dia, garoto. Ainda é cedo.

Durante o trajeto, além de passar por casas malcuidadas, com a grama alta, portões enferrujados e pinturas descascando, avistaram uma ferragem, um minimercado e uma delegacia no final da rua, que parecia, à primeira vista, o único estabelecimento aberto. Dava para ver o seu interior: um balcão e umas cadeiras estofadas encostadas na parede. Não se via qualquer movimento lá dentro. Diante dela, um carro de polícia estacionado. Sem dúvida, as autoridades àquele horário não tinham nenhum tipo de trabalho para realizar. O máximo que deviam fazer, pensou Uilian, exprimindo um meio-sorriso em sua face, era apartar alguma briga de marido e mulher. Havia pouco se separara da segunda esposa.

Ao passar a delegacia, a rua se transformou em uma estrada de chão empoeirada. O motorista logo engatou uma marcha mais forte para subir um longo aclive. A estrada passava por árvores pouco frondosas e de folhas amareladas que se sobressaíam entre as verdes. O início de julho chegara trazendo um inverno intenso. Chegando ao topo, do lado direito, avistou o rio e, do lado esquerdo, uma mansão envelhecida. Muitos carros estavam estacionados ali e algumas pessoas conversavam fora dos seus veículos. Uma placa de madeira indicava se tratar de uma funerária. Ao lado da antiga casa havia um cemitério e mais adiante se avistava uma pequena igreja de pedra. A maior parte das pessoas e dos carros se concentrava em seu pátio.

— Enfim, descobrimos onde estão as pessoas da cidade. Vieram para a missa. Abana para eles, filho!

— Pra quê?

— No interior as pessoas são educadas com quem vem de fora. Faça como eu.

Uilian acenou e abriu um sorriso para alguns moradores do vilarejo que estavam mais próximos da estrada. O grupo formado por quatro pessoas, dois idosos, um homem maduro e uma adolescente, vestidos com roupas escuras, casacos pesados e chapéus, os encarou sério sem dar resposta. Suas peles eram brancas, pálidas como giz, olhos escuros, olheiras profundas, e corpos esquálidos.

— Parece que eles não são muito educados, hein, pai?

Sem jeito, Uilian demorou um pouco para dar resposta ao filho.

— Não os julgue tão rápido. Nem todo mundo é igual.

Uilian continuou dirigindo. Pelo retrovisor observou os olhares daqueles que ainda não tinham entrado na igreja pousando sobre ele e o filho. A torre da edificação religiosa ostentava um sino de bronze de porte médio. As paredes estavam carregadas de musgo e umidade. Nenhum dos dois se sentiu à vontade com aquele tipo de gente estranha os investigando. O Ford F-100 começou a descer o outro lado do morro, afastando-se daquele grupo peculiar de pessoas. Rodaram menos de quinhentos metros e logo se aproximaram de uma ponte, mas Uilian não a atravessou: entrou em uma trilha à esquerda que acompanhava o trajeto do rio.

— É aqui. — Uilian estacionou sobre a relva alta.

A picape da década de setenta agradeceu pelo descanso. O estado atual em que se encontrava não era animador, mas talvez ainda rendesse um bom dinheiro para algum restaurador capaz de pintar, dar um trato na lataria e ajustar o motor que vivia engasgando. Em alguns pontos, a pintura original vermelho-fosca podia ser vista embaixo de um azul escuro, as calotas já não eram mais as de fábrica e os pneus estavam quase carecas. Contudo, o motorista não se desfazia da "lata velha", expressão que sua ex-esposa utilizava para identificar o carro.

— Livres como pássaros! — falou para o filho que o acompanhava.

O menino abriu aporta e desceu. Uilian fez o mesmo. Os dois foram para a frente do carro com a intenção de olhar o rio mais de perto. Naquele local, o pai sabia que as águas eram rasas e a correnteza amena. A largura não atingia dez metros de uma margem à outra.

Uilian ainda se lembrava da última vez que estivera por lá. Fazia muitos anos, acampara com a sua primeira namorada naquele mesmo lugar. Achou que o aspecto do rio era mais saudável no passado. Dos dois lados, o terreno irregular, formado por morros altos, estava tomado por uma grama amarelada, baixa e rala. Acima da terra umedecida havia árvores raquíticas de folhas escurecidas e galhos secos. Do lado em que estavam ficava a trilha que os trouxera próximo daquele ponto.

— E, então, o que achou?

— Parece meio sujo. Olha lá, pai. No meio do rio tem um galho de árvore caído e um saco de plástico preso nele.

— Nada que não seja normal. Não conheço mais nenhum lugar que não tenha lixo. Se os peixes fisgarem nosso anzol está tudo bem.

— Isso se tiver peixe nesse rio. Tem cheiro de esgoto.

— Tem nada.

— Você está resfriado.

— Rudi... Escuta, meu filho... — Uilian se aproximou do garoto, tocando no ombro dele. — Eu quero que a gente comece a se dar bem. Só porque eu e sua mãe não estamos mais vivendo juntos não significa que eu não queira ficar com você. Vamos nos divertir, certo?

Rudimar tinha feito recentemente onze anos de idade. Ainda era difícil para ele encarar a separação dos pais. Achava-se culpado por não ser capaz de unir os dois. Sempre tendia ao pensamento de que ele era o problema, o motivo da ruptura entre o casal. Depois de um suspiro respondeu:

— Aqui é muito bonito, pai — mentiu. O lugar tinha um ar impregnado de morte. Cheirava a mofo, como o quarto do avô que morrera alguns meses antes, devido a um violento câncer.

— É assim que eu gosto de ver! Me ajuda aqui, primeiro vamos montar a barraca!

Pai e filho montaram uma pequena barraca de dois lugares. Amarraram uma lona sob três árvores dispostas em triângulo. Embaixo dela colocaram duas banquetas de madeira portáteis e o material de pesca. Ao lado, juntaram pedras de tamanhos médios que dispuseram em círculo para criar uma fogueira. Juntos procuraram por lenha seca, gravetos pequenos e tocos maiores que Uilian cortou com uma machadinha. Depois que terminou, a cravou no tronco de uma das árvores.

O sol esmaecido de inverno já alcançara o seu ápice.

— Acho que a pescaria vai ficar para depois do almoço. Concorda? — perguntou Uilian.

— Meu estômago tá roncando. — Rudimar esfregou a própria barriga, tentando dar maior ênfase à resposta.

Uilian deixou que Rudimar acendesse a primeira chama da fogueira. Em seguida pediu para que o garoto enchesse de água a maior panela. O menino foi até a beira do rio. Tinha aprendido na escola que o elemento conhecido como H2O deveria ser incolor, insípido e inodoro. Sentiu um cheiro ruim. Havia um pouco de cor naquela água: uma nuance sutil que lembrava a coloração do cobre. Mesmo pensando que beberiam algo poluído, preferiu ficar em silêncio. Não queria discutir com o pai. Queria que o pai permanecesse satisfeito com ele.

Rudimar depositou a panela sobre o fogo. Depois que a água ferveu, seu pai acrescentou o macarrão. Em outra panela, fritou um pouco de cebola e tomate picado para fazer um molho. Quando ficou tudo pronto, misturaram o molho à massa e polvilharam muito queijo parmesão por cima. Os dois esfomeados limparam a panela.

O menino foi para a barraca dormir um pouco e o pai amarrou uma rede entre duas árvores. Descansou um sono tranquilo. Ao acordar, Uilian viu Rudimar agachado, próximo ao rio, com um graveto nas mãos tocando em alguma coisa. Aproximando-se, pôde enxergar um passarinho morto.

— O que aconteceu com ele?— perguntou Rudimar para o pai, que agora se agachava ao seu lado para observar.

— Não sei, filho. Parece petróleo. Melhor não tocar.

O passarinho estava coberto por uma viscosidade negra e pegajosa. Com dois gravetos, Uilian equilibrou o animal para em seguida jogá-lo no rio, em um ponto distante do qual estavam.

— Bom... Já está mais do que na hora de fazer o que viemos fazer, não é mesmo?

— Pescar? — Rudimar preferia jogar videogame, mas agradaria o pai.

— É lógico, meu bom amigo! — disse Uilian, animado.

Os dois pegaram suas varas de pescar, as iscas e baldes. Caminharam um quilômetro rio acima e sentaram-se embaixo de duas árvores que forneciam pouca sombra. Naquele ponto o rio parecia correr um pouco mais forte. Lançaram seus anzóis nas águas escuras na expectativa de que algum peixe os fisgasse.

Mais de hora passou, permaneciam em silêncio, assim como a natureza do lugar. Não ouviam passarinhos e raramente algum inseto passava zunindo próximo a eles. O sol, durante o inverno, começava a se despedir por volta das 18h, logo não tinham muito tempo de luz natural. Voltaram pelo mesmo caminho, chegaram ao acampamento e seguiram até a ponte. Sobre a ponte enxergavam a pequena torre da igreja e o sino. Viam também o telhado da funerária, mas não avistavam o cemitério que ficava entre as duas construções. Lançaram suas linhas nas águas e pacientemente aguardaram. Depois de algum tempo, quando já não esperavam, o anzol da vara de pescar de Rudi foi puxado. O menino fez força para trazer o peixe para fora da água, mas não obteve sucesso. O animal aquático devia ser grande: viram uma sombra dentro do rio se debatendo. A vara não aguentou o peso e quebrou. A sombra se afastou, indo para o fundo.

— Quase... Quase! — esbravejou Uilian. — Não se deixe abater, filho. Esse era dos grandes mesmo! O próximo você pega.

— Como? — Rudi perguntou, desanimado. — A vara quebrou.

— Não se preocupe com isso. Deve ter alguma loja que venda itens de pesca no vilarejo. Veremos isso amanhã de manhã. Olha lá! — Uilian apontou para um rabecão que vinha do outro lado do rio se aproximando da ponte.

Quando o carro fúnebre se aproximou, Uilian fez sinal para que parasse. O motorista estacionou ao lado de pai e filho sem desligar o motor e baixou o vidro do carona. Um homem com mais ou menos sessenta anos dirigia. Seus cabelos eram longos e brancos, a pele pálida e os olhos azuis. As mãos magras repousavam sobre o volante. Ao seu lado, uma menina albina com as pupilas dos olhos brancas — parecia ser cega. Rudi se encostou no carro, colocando uma das mãos na porta. Atrás dos bancos do motorista e do carona pôde ver um caixão lustroso e uma cadeira de rodas portátil dobrada. Apesar da estranheza da menina, Rudi a achou bonita, contrastava com a cor negra de sua própria pele. Sobre as pernas, ela usava um cobertor para se proteger do frio que começava a ficar mais intenso com a proximidade da noite.

— Olá, amigo! — disse Uilian, abaixando-se para ficar na altura da janela. — Desculpe interromper sua viagem. Estamos acampando próximo daqui. — Ele apontou para o local onde estavam. — Viemos pescar e a vara do meu garoto quebrou. Sabe se ali no vilarejo tem algum local em que possamos comprar uma nova?

— Na ferragem você vai encontrar — disse o homem em tom monocórdico.

Rudi olhava encantado para a menina que devia ter mais ou menos a sua idade. Em um primeiro momento de observação, acreditou que ela fosse incapaz de enxergar. No entanto, sua opinião se desfez quando aqueles olhos aquosos e brancos o fitaram, invadindo as suas memórias. A garota tocou na mão de Rudi que repousava sobre a porta do carro e o menino sentiu um calafrio que arrepiou toda a sua espinha. Tentou se afastar, sem sucesso. Era como se estivesse preso a ela.

O motorista viu que a menina tocara o garoto e começou a subir o vidro automático sem dar mais atenção aos dois forasteiros. Com a conexão interrompida, Rudi teve a impressão de que um cubo de gelo congelara a sua alma.

— Que pressa, hein! Obrigado assim mesmo — resmungou Uilian, após a partida brusca do motorista, que nem mesmo se despediu.

Uilian apanhou a vara que restava e pediu que Rudi carregasse os baldes vazios. O filho fez como o pai solicitou sem dizer nada. Aquele toque fizera com que se sentisse estranho. Talvez estivesse ficando doente, resfriado. Estava com muito frio. O sol já sumia no horizonte, dando um aspecto mais sombrio às margens do rio.

De volta ao acampamento, Uilian não desistiria de pegar um peixe. O pai aconselhou o filho a se agasalhar com o casaco e ler um livro enquanto ele tentava pescar o jantar. Mais de uma hora depois finalmente conseguiu puxar da água um lambari. Fez uma festa. Disse que aquele era um bom sinal. Logo pegaria outro. Rudimar limitou-se a um meio-sorriso, sentindo-se fraco. Podia ver a lua minguante no céu carregado de nuvens e algumas estrelas tímidas vagando solitárias no firmamento.

Uilian conseguiu pescar mais três peixes. Todos tinham uma viscosidade negra nas escamas, que ele esfregou no balde com água do próprio rio. Depois tirou as escamas e limpou os peixes para fazê-los fritos. Rudi cuidava da fogueira, mantendo-a acesa. O menino alertou o pai de que os peixes não estavam com cheiro muito bom. Uilian não deu atenção: suas narinas fechadas não se importavam com o que o filho tinha para dizer. Estava disposto a comer qualquer coisa pescada naquele rio que lhe trazia boas recordações.

Antes que começassem a comer, Uilian percebeu que o filho tremia. Colocou a mão sobre a sua testa e achou que talvez estivesse com febre. Deu-lhe um analgésico, prometendo que, se ele não melhorasse na manhã seguinte, teriam de voltar para casa. Colocou um cobertor sobre os ombros do menino.

Rudi comeu apenas um pedaço do peixe, alegando que não estava com fome. Mas não era verdade: achou que estava com gosto ruim, porém não quis frustrar o pai. Já Uilian comeu sem dar o braço a torcer, dizendo muitas vezes que aquela era a melhor refeição que poderiam ter em qualquer lugar do planeta. Repetia que estavam entrando em comunhão com a natureza e que deviam aproveitar aquele momento ao máximo.

Rudimar foi dormir, já que não estava se sentindo bem. Uilian, por sua vez, bebeu umas latinhas deitado na rede, admirando o lugar quase na escuridão plena. Decidiu ir para a barraca tarde da noite. No meio da madrugada, o homem foi acordado pelo filho dizendo que precisava sair para urinar.

— Leva a lanterna. Não precisa ir longe.

Uilian adormeceu novamente. Acordou com dor de cabeça e com o estômago doendo. Olhou para o seu lado e não encontrou o filho. O fecho duplo da barraca continuava aberto desde que Rudi saíra. O pai deixou o abrigo preocupado. A visibilidade era baixa. Um nevoeiro havia tomado conta da vegetação rasteira.

— Rudi! — Uilian chamou uma vez, depois chamou outra. Nada do filho responder.

O pai viu a lanterna caída não muito longe da barraca. O coração acelerou. Onde o filho estaria? Gritou a plenos pulmões o nome do menino. Pegou a lanterna, procurou na beira do rio e nas imediações da barraca. Nenhum sinal. Abriu o carro e no porta-luvas encontrou o celular. O telefone estava sem bateria. Amaldiçoou a si mesmo por odiar celulares e redes sociais. Logo se lembrou da delegacia que ficava no vilarejo. Precisava pedir ajuda. Tinha de ficar calmo naquela hora. Sentou-se no banco do motorista e girou a chave na ignição. O Ford estava mais frio do que uma carcaça. O motor embestou em não funcionar. Saiu do carro e gritou outra vez pelo nome do filho. Começou a imaginar o pior. Talvez ele tivesse caído no rio. Foi uma vez mais até a margem. Não. Não era isso. Talvez tivesse sido sequestrado. Se fosse isso... Viu cravado numa das árvores a machadinha que havia trazido para cortar lenha. Pegou a arma, caso fosse necessário se defender de alguém. Como não havia sinal algum do filho, começou a correr morro acima. Podia conseguir alguma ajuda daquele estranho agente funerário com quem conversara mais cedo.

Uilian se aventurou sem botas por aquele terreno pedregoso e de raras gramíneas. De vez em quando percebia as pedras mais pontudas atravessando as grossas meias. Saíra sem casaco. Já podia experimentar o frio congelando os seus ossos. A adrenalina, porém, o mantinha ainda em jogo. Primeiro avistou a igreja, depois o cemitério e a mansão que servia de funerária. De meias, escorregou. Quase caiu de joelhos, mas se apoiou com uma das mãos no terreno antes de se esborrachar. Nesse mesmo instante, uma forte fisgada trespassou a sua barriga. Gemeu de dor e regurgitou uma massa negra no chão com um pouco de sangue. Limpou a sujeira da boca com a manga da camiseta e se levantou. Não era hora para sentir dor. Sabia que de alguma maneira a vida do filho dependia dele.

Próximo à funerária viu uma luz fraca de um aposento do andar térreo ser desligada. Em seguida, fecharam a cortina. Será que alguém o tinha visto e escutado os seus gritos junto ao rio? Correu mais rápido. Passou pelo carro da funerária estacionado no terreno e avistou as chaves penduradas no retrovisor. Sem dúvida, aquele era um lugar seguro. Roubos deviam ser incomuns. Então, por que alguém sequestraria o filho dele? Tentava pensar racionalmente, mas não estava conseguindo.

Uilian bateu, com toda a força, à porta de entrada da casa. O silêncio era absoluto. Foi quando escutou um pedido de socorro. Quase inaudível. Vinha de dentro da casa. Era a voz de Rudi, só podia ser. Bateu mais uma vez e ordenou que a porta fosse aberta. Lá dentro parecia uma tumba, o silêncio continuava sepulcral. Amava o menino. Era tudo o que tinha de bom naquela vida. Escutou de novo um grito abafado. Não teve dúvida de que o seu filho implorava por ajuda. Sem hesitar, golpeou a porta com a machadinha e as primeiras lascas voaram. Depois golpeou mais uma, duas, três vezes, até que pudesse empurrar a tábua e invadir o buraco com a sua mão. Do outro lado da fechadura repousava incólume a chave, que ele girou, abrindo a porta.

— Tem alguém em casa? — Uilian perguntou, furioso, enquanto invadia a residência.

A entrada era um corredor que levava a uma escada, duas portas fechadas à direita e mais duas à esquerda. Pôde ver também uma porta ao fundo. Nas paredes havia retratos antigos. Caminhou sobre um tapete vermelho e fofo até a segunda porta da direita. Uilian calculou que atrás daquela porta encontraria a pessoa que apagara a luz e fechara a cortina quando ele se aproximava.

Testou o trinco redondo da porta, que se abriu. Com a lanterna investigou os recantos. Era um quarto de menina, com bonecas em estantes, uma penteadeira, um guarda-roupa e uma cama. No centro do quarto, a luz circular incidia sobre a cama. Nela estava sentada, envolta por cobertores, a menina albina, com os olhos abertos e vívidos. Ao seu lado, um cão negro, ainda sentado, rosnava baixinho. A menina o segurava por uma coleira.

— Onde está, meu filho?

A albina não respondeu, apenas soltou a coleira do cão e o empurrou na direção de Uilian. Rosnando, o animal pulou sobre o inimigo, tentando morder a sua garganta. Os dois caíram e rolaram no chão. Uilian deixou a machadinha e a lanterna escaparem de suas mãos. O invasor conseguiu, em tempo, agarrar o canídeo pelo pescoço antes que pudesse feri-lo com os afiados dentes. A baba da criatura escorria, como se estivesse com raiva. Em seus olhos, uma sombra negra e viva se movimentava, parecendo um parasita. O pelo alto falhava em alguns pontos com feridas pútridas que causavam repugnância.

Uilian socou o focinho do animal raivoso e conseguiu afastá-lo. Arrastou-se até a machadinha. O cão recobrou-se do golpe e o mordeu de forma feroz na coxa esquerda. O homem berrou de dor e se virou de maneira contundente para acertar a cabeça do bicho. Ouviu-se o barulho do crânio rachando quando a lâmina se encaixou na fresta aberta do osso. A pressão da forte mandíbula diminuiu. O cão morrera com o golpe preciso. Com a perna queimando de dor, Uilian se esforçou para se levantar.

A menina parecia espantada, com medo de Uilian. Ele se aproximou.

— Vamos... Agora me diga... onde está meu filho?

— Meu pai o levou para baixo.

— Para baixo da onde?

— Você vai encontrá-lo se entrar na porta debaixo da escada. — Ela apontou para fora do quarto.

— Você vem comigo. Eu te carrego. — Uilian, ao ver a cadeira de rodas ao lado da cama, supôs que a menina tinha algum problema físico que a impossibilitava caminhar.

Uilian pegou no colo a menina, que começou a gritar e a esbravejar. Ela o arranhou no rosto. Foi quando sentiu o toque gelado. Queimava como cubos de gelo em contato com a pele. Mas isso não teria sido suficiente para largá-la... O horror percorreu a alma do homem quando o cobertor que a protegia escorregou de suas pernas... Mesmo no escuro pôde ver sem acreditar. No lugar das pernas existiam inúmeros tentáculos que se movimentavam e se entrelaçavam como vermes. Jogou a menina-monstro de volta sobre a cama, afastando-se com enorme repulsa. Ao sair do quarto fechou a porta com o coração aos pulos. O que era aquilo, meu Deus?

Antes que pudesse enlouquecer diante daquelas visões do inferno, abriu a porta debaixo da escada. Uma escadaria levava para baixo. Acionou o interruptor e sentiu algo frio na ponta dos dedos. Havia algo pegajoso e escuro por toda a parede, que parecia escorrer como umidade do teto. Mesmo apreensivo, Uilian seguiria em frente sem a lanterna e o machado. Não voltaria para buscar os objetos que perdera no combate com o cão.

No final da escadaria havia outra porta. Começou a descer com dificuldade. A perna ferida o incomodava. Talvez a coisa no quarto tivesse dito a verdade. Talvez Rudimar estivesse lá embaixo. Precisava tentar.

Entrou em um novo corredor. Era um corredor com paredes de pedra. Fios de eletricidade percorriam a extensão da casa abaixo do assoalho, mas não havia nenhuma lâmpada ali. A luminosidade ficara comprometida, mesmo assim Uilian seguiu adiante e abriu aporta. Deparou-se com uma espécie de laboratório. Havia luz artificial ligada que iluminava mais ou menos o ambiente.

Rudimar jazia inconsciente, deitado em uma cama de hospital. Em seus braços, agulhas estavam espetadas e conectadas em canos de plástico que bombeavam um estranho líquido, depositado em bolsas transparentes, para o seu corpo. Alguns pontos do teto eram sustentados por madeira e vigas. Porém, em alguns locais viam-se raízes e terra. Até o olfato de Uilian, comprometido devido ao resfriado, pôde sentir um odor de putrefação, de morte estagnada. Das raízes escorria o líquido viscoso e negro, o mesmo que invadia o corpo infantil de Rudimar, o mesmo que já vira no pássaro morto, nos peixes e no próprio vômito. A coisa ficava pingando dentro de pequenos tonéis que serviam para coletá-la.

Uilian era um homem forte. Sentiu o mundo girar sob seus pés quando uma dor lancinante surgiu em sua cabeça. Tinha sido atingido por alguma coisa e caiu de joelhos. Tentou se recobrar do golpe. Olhou para trás e viu o agente funerário com um pedaço de madeira grossa nas mãos. Não havia sido pego de jeito, pensou Uilian, mesmo sabendo que o sangue escorria de trás da orelha. Precisava resistir usando todas as forças que possuía. Jogou-se contra as pernas do agressor, derrubando-o. Sem saber exatamente onde atingia, desferiu golpes furiosos nas costelas do homem. Percebendo que o inimigo estava ficando sem ar, socou também o rosto dele até que suas mãos não aguentassem mais. Os nós dos dedos feridos sangravam. Como o sequestrador estava inconsciente, parou de bater. Levantou-se notando o corpo inteiro latejar de dor. Tirou as agulhas dos braços do filho e o abraçou. O menino parecia drogado, mas abriu os olhos e balbuciou a palavra "pai". Quando pensou em retornar pelo mesmo caminho que viera, Uilian viu o agente colocando-se de joelhos e apoiando-se na porta para se levantar. O maldito não estava fora de combate como pensara.

Diante de Uilian existia uma escadaria de metal que levava para outra porta. Com Rudimar nos braços subiu a escadaria. Olhou para baixo e enxergou o homem caído novamente no chão. Talvez tivesse sido enfim abatido, ou seria apenas um engodo, um subterfúgio para pegá-lo pelas pernas se voltasse?

Abriu a nova porta. Entrou em um lugar parcamente iluminado por treze velas negras em um altar. Acima delas via uma inscrição peculiar que não sabia traduzir o significado. Mas se escrevia assim: "Ph´nglui mglw´nafh Cthulhu Rýleh wgah´nagl fhtagn".

Mais acima se via uma criatura crucificada de cabeça para baixo, horrenda e sem vida. Definitivamente não se assemelhava com o Salvador. Era um monstro. Uma paródia da raça humana. Uilian gritou de pavor e, sem querer ver mais qualquer coisa, correu por entre bancos compridos de madeira rústica. Teve consciência de que invadira a igreja do vilarejo. Tirou uma trave de metal que fechava a porta dupla e saiu para a rua.

Uilian se lembrou da chave do rabecão pendurada no retrovisor. Correu o máximo que pôde com o filho no colo. Passou pelo cemitério e pôde ver as lápides manchadas daquele visco tão peculiar. Chegava a esconder alguns nomes. Em cima da terra formava uma lama obscura. O chorume dos mortos se espalhava e corrompia cada centímetro do lugar.

Uilian se afastou do cemitério com repugnância. Chegou ao rabecão e testou a porta, que se abriu. O pai colocou o filho no banco do carona e assumiu a direção. Saiu dali arrastando pneus em marcha ré. Depois colocou o carro na estrada. Poucos minutos depois já conseguia avistar os contornos das casas do vilarejo na escuridão. Um carro vinha na pista contrária. Uilian freou e saiu do automóvel. Desesperado, pediu ajuda. Era o carro da polícia que tinha visto estacionado na frente da delegacia.

O motorista desceu. O segundo policial o acompanhou.

— Graças a Deus! Graças a Deus! Preciso de ajuda — dizia Uilian, apressado e impaciente.

Sem pestanejar, o policial sacou o .38 que vinha no coldre e, bem de perto, para não errar, executou sem misericórdia o homem. O tiro acertou em cheio a testa. O barulho ecoou pela mata como um trovão. Até mesmo no vilarejo teria sido possível escutar. Mas ninguém se importaria com a morte de um forasteiro.

Os dois policiais colocaram o corpo de Uilian dentro do rabecão. Um deles foi dirigindo a viatura e o outro, o carro funerário. Estacionaram diante da casa fúnebre. Na soleira da porta estava o agente funerário limpando com um pano o rosto ensanguentado. O policial que dirigia o rabecão levou o garoto inconsciente até os braços do sequestrador.

Rudimar nunca soube o que aconteceu com Uilian. A memória de que algum dia teve um pai foi se diluindo com o tempo. A cada momento que passava naquela casa, aprendia a se tornar um defensor fanático de conhecimentos ocultos. Fora doutrinado para viver uma nova vida e idolatrar um antigo Deus vindo das profundezas do espaço.

DANIEL PIRES, 35 anos, formado em Rádio e TV e pós-graduado pela USP. Trabalhou em grandes veículos de mídia e, em 2013, criou o projeto de terror LendaTV, que em oito anos, acumula milhões de seguidores nas redes sociais. Além de escritor e cineasta, produziu trabalhos do gênero com YouTube, Sony e Paramount Pictures. Atualmente, apresenta o programa 89 Freak Show, na Rádio Rock

A LENDA DO RAIMUNDINHO

Daniel Pires

Em Avaré, uma cidadezinha do interior de São Paulo, há uma lenda urbana que costuma assustar os moradores. Reza a lenda que o espírito de um menino assombra pessoas que visitam o seu túmulo e não deixam doces para ele.

Desde criança, quando eu costumava passar minhas férias por lá, eu já ouvia a história do tal Raimundinho, que morreu após enfrentar uma doença contagiosa e foi sepultado em um túmulo pequeno, de azulejos azuis, em um cantinho do cemitério da cidade.

Até hoje, tenho medo de lembrar.

Na cidade, moram minha avó materna, duas tias e afilhada. Meus pais também compraram uma casa por lá, mas continuam morando em São Paulo. O cemitério onde o Raimundinho está sepultado é um lugar bem cuidado e que coleciona lendas, histórias de fantasmas e túmulos milagrosos. Eu sempre gosto de visitá-lo quando viajo pra lá. Com sepulturas altas, esculturas de anjos e santos, o local também abriga corpos de pessoas que foram da minha família, como meu avô e bisavô maternos.

Na foto de seu túmulo, o Raimundo Carvalho aparece usando um chapeuzinho de lã e uma roupa cheia de bordados. Se você olhar bem para a foto, dentro do círculo feito de porcelana, o Raimundinho parece te encarar fixamente do alto de seu jazigo. Ele sabe que você está ali.

. Pelo pouco que sei de sua história, Raimundo contraiu meningite há mais de 40 anos e ficou bastante doente; alguns médicos recusaram-se a cuidar dele por se tratar de uma doença contagiosa e mortal e deixaram-no agonizando até a morte. Ele foi tratado em casa e sua mãe era a única pessoa que entrava no quarto para cuidar do filho moribundo. Na época de sua morte, pelo medo do contágio, quase ninguém quis comparecer em seu velório. Apenas a mãe e o coveiro levaram o pequeno caixão branco para o túmulo, que na época era bem simples, quase imperceptível naquele cemitério de Avaré. Dizem que nem foto tinha, havia apenas os singelos azulejos de cor azul-bebê. Como sua família era muito pobre, o túmulo foi construído às pressas para sepultar o menino que morreu de forma precoce e, dizem, que é a única sepultura que foi erguida em uma posição diferente das demais. Posteriormente, como aumento das visitas, o túmulo foi reformado e ganhou uma foto e um velário.

Sempre acompanhei as lendas sobre o Raimundinho. No Dia de Finados, em novembro, sua sepultura fica repleta de brinquedos e doces, como balas, pirulitos e até jujubas. Eu nunca entendi e nem tive coragem de mexer. Até minha avó me explicar que o Raimundinho virou uma espécie de santo popular nas redondezas. Ela me contou que algumas mães, aflitas com a maternidade precoce, rogavam para ele, pedindo para que seus filhos pequenos deixassem de mamar na mamadeira para não prejudicar os dentes no futuro, ou até pediam milagres mais difíceis, como a cura de doenças graves e enfermidades. Ao alcançarem as tais graças, essas mães deixavam doces no túmulo do menino e algumas chegaram a deixar brinquedos de seus filhos como forma de agradecimento. Dizem que uma família desconhecida e muito rica custeou a reforma do túmulo do menino após uma grande graça alcançada pela intercessão do Raimundinho. Claro que, para os mais céticos, essas bugigangas só serviam para dar mais trabalho aos faxineiros do cemitério, que tinham que limpar toda aquela “oferenda” deixada lá. Para os mais crentes, as doações refletiam uma forma de gratidão e oferta ao menino que morreu de maneira tão cruel e precoce.

A lenda conta também que algumas famílias faziam pedidos para o menino e, logo depois de alcançarem a graça, nunca mais voltavam para agradecer. Dizem que essas famílias enfrentavam grandes desgraças após verem o espírito do menino brincando em suas casas. Tudo o que Raimundinho queria era um agradecimento e uma oração. Porém, como criança, queria doces e brinquedos também. Quem não sabia agradecer, acabava morrendo de maneira trágica logo após ver a aparição de um menino de chapéu e roupas de época correndo no telhado e na varanda de suas casas.

Num belo dia, já crescido, levei minha câmera de vídeo ao cemitério para gravar o túmulo do Raimundinho que, para mim, era uma visita obrigatória durante as férias. Como eu gosto muito de contar lendas urbanas em vídeo, gravei as balas, as velas e, inclusive, a foto do menino morto. Acompanhado dos meus irmãos e alguns primos, eu me divertia fazendo as imagens. Dei até zoom em sua foto.

— Você não trouxe balas, o Raimundinho vai te cobrar pela filmagem — brincou meu irmão.

Tentei me desvencilhar dessa praga:

— Imagina, moleque besta. O Raimundinho jamais faria isso.

Confesso que um pequeno calafrio correu pela minha espinha, porém me despedi mentalmente e fui me entreter com outros túmulos.

Nesse mesmo dia, consegui, com "exclusividade", imagens de um coveiro exumando um corpo. Percebi que, ao lado dos restos do caixão retirado da cova, havia um saco com ossos.

— Uma "desossada" — disse o coveiro.

Perguntei se ele não tinha medo das tarefas de sua profissão e ele disparou:

— Tem que ter medo é dos vivos, né, fio!? Morto não faz mal pra ninguém.

Não sei se concordei muito com isso.

Após sairmos do cemitério, fui para casa, tirei todas as roupas que usei durante o passeio e fui tomar banho. Mais tarde, minha mãe me convidou para visitar uma prima bem pobre que mora na cidade.

Cristina, a prima, teve seis filhos. Cada gestação de um pai diferente. Hoje, eles são cinco. Em sua terceira gravidez, Cristina teve gêmeos e um deles morreu logo após o parto.

Assim que cheguei à sua casa, o gêmeo que sobreviveu veio correndo ao meu encontro e me pediu para comprar doces. Comprei um saco de balas e distribuí entre eles, até entre os mais crescidinhos. Enquanto comia, o gêmeo loirinho pegou algumas balas e correu para o fundo da casa. Perguntei para sua mãe aonde ele iria levar aqueles doces.

— Vai levar para o irmão dele. Ele sempre faz isso— respondeu Cristina. Fiquei curioso com essa reação do menino e fui procurá-lo.

No fundo da casa onde moram há um pequeno jardim, com horta e casinhas velhas de cachorro. Antes mesmo que eu pudesse chegar lá, o gêmeo esbarrou em mim, quase me derrubando.

— Onde você foi? — questionei.

Ele riu com a boca escancarada, repleta de balas. Sem responder, saiu correndo com as mãos e pés sujos de terra. Olhei para o fundo da casa e vi apenas um dos cães abanando o rabo em minha direção.

Não fui averiguar onde estavam as balas e logo mamãe e eu fomos embora de lá.

Nessa noite, apenas minha mãe e eu dormimos em casa. Ela, no quarto dela e eu, num quartinho nos fundos, colchão no chão.

Lembro-me exatamente que acordei de supetão às 00:42. Ouvia algumas pessoas conversando na rua e me virei para dormir novamente. Dormi. Acordei de novo às 2:20 da madrugada. Ao olhar o horário no celular, a luz da tela iluminou todo o quarto, que era só breu. Uma pequena luz na escuridão é capaz de iluminar um mundo inteiro.

Fechei os olhos para retornar a dormir, mas o sono cessou quando percebi que alguns barulhos ocos vinham da parede. Era como se alguém corresse dentro dela. Em determinado momento, tive a impressão de que algo — ou alguém — caminhava pelo teto. Um ruído contínuo que se alternava em velocidade — ora mais lento, ora mais rápido —, porém não cessava. Tentei me convencer de que era apenas um gato no estuque.

De repente, as batidas pareciam sons de murros, como se alguém batesse na parede com as mãos fechadas de fora para dentro. Fiquei amedrontado. Nenhum cachorro latia na rua e, àquela hora da madrugada, ninguém conversava mais. O silêncio era quebrado apenas pelos “passos” nas paredes. De vez em quando, eu acendia o celular para iluminar o quarto e corria o feixe de luz pelos cantos. Minha mente começava a produzir imagens bizarras, como alguém agachado aos meus pés, arranhando o colchão onde eu dormia.

Fechei os olhos e o barulho na parede tornou-se quase inaudível, mas, no silêncio da noite, era audível. Penosamente audível.

Tomei coragem e me levantei. Fui ao quarto onde minha mãe dormia em um sono pesado. Chamei uma, duas e, na terceira vez, ela, assustada, perguntou o que eu queria. Questionei quem morava nas casas ao lado da nossa.

— Do lado direito, mora um casal — disse com a voz cansada. — Do outro, é um terreno baldio.

Fiquei momentaneamente aliviado, pois o barulho vinha do lado da casa onde morava o tal casal.

— Péssimo horário que o filho deles escolheu para brincar — eu disse, numa tentativa de amenizar o medo.

Com a voz rouca, mamãe afirmou que o casal não tinha filhos e, mesmo que tivessem, era impossível alguém brincar àquela hora da madrugada, pois estavam viajando. Meu medo virou desespero, mas não até o momento em que, em seu quase sono, minha mãe soltou:

— Você fica filmando cemitério, algo deve ter vindo junto com a filmagem. — E virou para o lado, dormindo quase que imediatamente.

Nessa hora, a imagem de Raimundinho, vestido com roupas de época, brilhou em minha mente. O pavor me dominou.

Fiquei mudo e voltei para meu colchão cambaleando, sentindo um oco no estômago.

A cada minuto, eu acendia a luz do celular para iluminar o quarto. O barulho dos passos estava cada vez mais perto. Meu medo era tão grande que nem percebi que eram quase três da madrugada.

Resolvi me levantar e, decidido, fui apagar a gravação feita no cemitério. Sem querer, acabei dando play na câmera e a voz do meu irmão ressoou na tela:

— Você não trouxe balas para o Raimundinho, ele vai te cobrar.

E, sem perceber, eu pausei a gravação exatamente na foto do menino morto, que ficou estampada na tela, iluminando meu rosto.

"...ele vai te cobrar", eu ouvia em minha mente.

Em uma atitude desesperada, comecei a rezar enquanto corria os dedos pelo teclado da câmera na tentativa de apagar o mais rápido possível aquela gravação. Foi neste momento que senti que havia algo parado ao meu lado.

"...ele vai te cobrar pela filmagem..."

Tamanho era o meu pavor, tive vontade de chorar. O barulho dos passos parou, mas agora eu ouvia o barulho de alguém mastigando. O som era nítido bem ao lado da câmera, como se alguém assistisse à gravação comigo.

"Você não trouxe balas para o Raimundinho...", eu ouvia em minha mente.

Entre um pai-nosso e outro, balbuciei:

— Raimundinho, se é você que está batendo nas paredes, eu não levei bala para o seu túmulo, mas comprei doces para os filhos da Cristina.

Neste momento, lembrei-me do gêmeo correndo para o fundo da casa para dividir as balas com o suposto irmão. A voz de Cristina, minha prima, voltou à tona para os meus ouvidos:

"Vai levar para o irmão dele. Ele sempre faz isso..."

Então, me toquei que o gêmeo dividia as balas com o irmão morto dele. Comecei a delirar e criar situações fantasiosas na minha cabeça. Será que esbarrei realmente com o gêmeo vivo?

"Ele sempre faz isso..."

Fiquei imóvel e suava muito. Fechei os olhos e rezei com mais fervor. Não sei se foi a oração, as balas ou a promessa íntima de apagar aquela gravação, mas, após alguns segundos, os sons na parede cessaram totalmente.

Eu já não sentia aquela "coisa" parada ao meu lado e não ouvia o ruído da mastigação. A tela da câmera continuava acesa, porém com uma tela azul sob as palavras "formatação concluída".

Desliguei a câmera rapidamente e fui me deitar ainda com muito medo, mas notei que a casa estava fria, envolvida num silêncio sepulcral.

Senti certo alívio ao ter apagado tudo o que eu tinha gravado no cemitério no dia anterior.

MARCUS BARCELOS, jornalista, nascido e criado no Rio de Janeiro. Seu primeiro livro *Horror na Colina de Darrington* foi inicialmente lançado pela plataforma Wattpad, onde teve mais de 1 milhão de leituras, e depois relançado, em 2016, pela Faro Editoral. Em 2018, a mesma editora lançou a continuação da história, chamada de *Dança da Escuridão*. Também é coautor do livro *Vozes do Joelma* (2019).

O Velho Doria

Marcus Barcelos

Sozinho no banheiro, de frente para o espelho, Bruno encarava seus próprios olhos castanhos e sentia uma gota gelada de suor escorrer sem pressa pela sua têmpora.

— É só uma lenda... Só uma lenda — ele repetia, respirando fundo.

Os garotos do colégio o perturbavam tanto que ele precisava provar que não era medroso. Apenas não gostava daquele tipo de brincadeira — será que isso era algum tipo de crime? Na verdade, Bruno não gostava de nada que envolvesse o sobrenatural. Já vivenciara episódios bizarros suficientes durante seus quinze anos de vida, talvez até por isso tenha se tornado tão facilmente impressionável.

Certa vez, durante uma noite qualquer, acordou sobressaltado de um dos pesadelos sem sentido que sempre o incomodavam e notou que a janela do seu quarto estava escancarada, com as cortinas azuis esvoaçando. O vento forte daquela madrugada fria em Vila Valqueire, bairro da zona oeste do Rio de Janeiro onde morava, uivou ameaçadoramente e o fez tremer debaixo das cobertas. E o garoto tinha certeza absoluta de que a trancara antes de dormir. Ainda encolhido sob o cobertor, tentou pensar em situações plausíveis e normais em que a janela poderia ter sido aberta, mas nada lhe ocorreu. Hesitante, resolveu levantar-se para fechá-la.

Ao pisar no chão, sentiu algo gelado alisar seu calcanhar e saltou da cama de uma vez, tamanho foi o susto. Naquele exato momento, a janela deixou de ser a sua maior preocupação. O que diabos tinha sido aquilo? O quarto estava escuro e, pouco a pouco, Bruno começou a tremer, olhando para todos os lados, mesclando o frio com aquela sensação incômoda de quando a gente não entende o que está acontecendo e teme a descoberta. Estudando suas opções, arfante, concluiu: seus pais provavelmente dormiam despreocupados no quarto ao lado, e não pegaria nada bem correr desesperado para a cama deles. Já tinha quinze anos, caramba, era hora de aprender a se virar.

Um passo depois do outro, lentamente, caminhou até sua cama e ajoelhou-se no chão. Torcendo para não encontrar nada, respirou fundo, levantou os lençóis e olhou. Sua torcida fora em vão. Uma espécie de criança magrela, de pele escura como a noite, sem roupas e de olhos arregalados, o encarou por entre as sombras. Antes que ele pudesse pensar em qualquer reação, o menino bizarro contorceu seu rosto, abriu a boca, exibindo seus dentes pontiagudos como os de um gato e, em seguida, rastejou de forma estranha e veloz na direção de Bruno, guinchando. Com um grito de terror, o adolescente se jogou para cima da cama, bem a tempo de ver a criatura desconhecida pular pela janela aberta.

Naquele instante, seu pai entrou no quarto e acendeu a luz. Bruno olhou para ele, ofegante:

— O que aconteceu, Bruno? Ouvi você gritar igual um...

— Vo-você viu, pai? — o garoto perguntou, assustado, atropelando as palavras. — Você viu o que pulou pela... — mas parou de falar logo em seguida, ao ver a janela do seu quarto trancada.

Foi difícil para ele engolir que tinha sido só mais um pesadelo. Bruno teve problemas para dormir por várias semanas, mas fez o possível para esquecer aqueles bizarros olhos brilhantes. Ainda assim, a sensação de não estar sozinho no quarto em algumas noites o aterrorizava. E esse era apenas um dos episódios que ninguém acreditava.

Por tudo isso, estar ali, de frente para o espelho, prestes a dizer aquelas palavras, estava sendo um esforço imenso. Mas ele daria conta. Dessa vez, ele daria conta.

— É só uma lenda...

Bruno pegou seu telefone celular e olhou a hora. Meia-noite em ponto. Abriu o aplicativo da câmera, deslizou o dedão para o lado, colocou na função de gravação de vídeo e o apontou para o espelho, mirando seu rosto brilhante pelo suor. Respirando fundo, disse a primeira vez, com os olhos semicerrados, como quem espera um soco iminente:

— O velho Doria quer me contar uma história...

Para o seu alívio, nada aconteceu. Mas aquela ainda era a primeira de três... E seu coração batia cada vez mais acelerado no peito. Era madrugada, seus pais já estavam dormindo e, em vez de ele estar sendo esperto e fazendo a mesma coisa, estava lá, sozinho no banheiro, flertando com a brilhante ideia de colocar a lenda do velho Doria em prática e gravando em vídeo para provar aos colegas que não era medroso.

— É fácil, Bruninho! — disse Davi, sorrindo, durante o intervalo das aulas naquele mesmo dia à tarde, enquanto conversavam sobre lendas assustadoras. — É só você dizer três vezes, de frente para o espelho quando o relógio marcar meia-noite, a frase "o velho Doria quer me contar uma história". Ou, se quiser tentar no inglês tradicional, "Ol'Doria wants to tell me a story" — finalizou, pronunciando as palavras em inglês com sotaque rebuscado e expressão de soberba, erguendo sua lata de refrigerante como se fosse uma taça de vinho.

— E o que isso quer dizer? — Bruno perguntou, tentando transparecer indiferença.

— Você não conhece a lenda do velho Doria?

— E eu deveria?

Davi e os demais garotos que estavam na mesa riram durante alguns instantes, então ele prosseguiu:

— A história do velho Doria é uma das lendas urbanas mais antigas do mundo, Bruno. Contam que, muito tempo atrás, mais precisamente no ano de 1894, um homem chamado John Doria morava com sua mulher e seus sete filhos num povoado próximo da floresta de Minnesota, lá nos Estados Unidos. Certo dia, Doria passou a ouvir vozes e, pouco a pouco, foi enlouquecendo. Tornou-se um homem violento e isolado. Maltratava a mulher e os filhos com cada vez mais agressividade. Diziam que ele estava possuído pelo demônio — comentou Davi, com a voz séria. — No auge de sua loucura, as vozes em sua cabeça deram uma última ordem. Assim, enquanto toda sua família dormia na cabana, ele ateou fogo em tudo sem pestanejar. O incêndio matou sua mulher, seus filhos e se alastrou pela floresta, atingindo o povoado e matando mais de quatrocentas pessoas...

— O grande incêndio de 1894, que causou milhões em prejuízo... — balbuciou Bruno, lembrando-se das aulas de história. O rapaz era um dos melhores alunos da sala e história era sua matéria predileta. Tivera uma aula particularmente interessante sobre a economia nos estados americanos e descobrira sobre a mineração em Minnesota, principal fonte de renda do estado até o final da década de 1910. Ficou surpreso quando o professor Ricardo contou sobre os incêndios misteriosos que causaram danos astronômicos para a época.

— Exatamente, exatamente... Dizem que, depois do incêndio, o tal John Doria endoidou de vez, desapareceu e nunca mais foi encontrado. E é aí que a história fica intrigante. — Bruno ouvia com atenção e fazia o possível para não se impressionar. Davi continuou. — Mais de vinte anos depois, o trágico episódio se repetiu. Outro grande incêndio florestal atingiu Minnesota, novamente matando mais de quatrocentas pessoas e...

— Deixa eu adivinhar: o grande incêndio de 1918?

— Correto mais uma vez, Bruno! — Davi comemorou, batendo palmas. — Você parece até uma Wikipedia ambulante, por isso me admira que não conheça a lenda do velho Doria...

— Bom, não dá pra saber tudo, né?

— Enfim, o que era coincidência ficou bizarro ao encontrarem um homem completamente queimado, mas ainda vivo, falando sozinho no meio do fogo. Levaram o pobre coitado para o hospital, onde ele repetia sem parar que era o culpado. De início, não deram muita bola. Mas quando perguntaram por que então ele tinha feito aquilo, ele respondeu: "O velho Doria me contou a história... E agora a história é minha. As vozes são minhas... O demônio é meu. A culpa é minha." Desde então essa história vem sendo passada de geração em geração, e vários incêndios e mortes já foram associados à história do John Doria, mesmo que algumas pessoas neguem. É complicado relacionar tragédias com lendas urbanas, ninguém quer acreditar. Só que dizem por aí que o velho Doria nunca foi encontrado. Nem o corpo dele...

O silêncio pairou na mesa do refeitório onde Bruno, Davi, Carlos e Diego lanchavam. E então Bruno falou, dando uma mordida em seu lanche para disfarçar o arrepio:

— Pois eu acho isso um grande monte de bosta.

Novamente os garotos riram. Carlos, o gordinho, apontou para

Bruno:

— Você, Bruno? O mais medroso de todos? Duvido!

— Se você é tão corajoso assim, Bruninho, coloca a lenda em prática — Davi o desafiou. — Como eu tinha falado, é só repetir "o velho Doria quer me contar uma história" três vezes, de frente pro espelho, à meia-noite.

— E o que é para acontecer? — Bruno perguntou.

— Se a lenda for verdadeira, o velho John Doria irá aparecer e fará você atear fogo na sua própria casa. Quer correr o risco?

O sinal da escola tocou, anunciando que era hora de voltar para as salas. Enquanto se levantavam, Bruno disse, sem pensar:

— Vou desmentir essa baboseira hoje mesmo, lá em casa.

Os três garotos se entreolharam e caíram na gargalhada.

— Então vê se não esquece de gravar para mostrar pra gente amanhã, se você sair vivo, é claro! — Davi riu. — Senão vai ficar difícil de acreditar, né? Quero dizer, seu histórico não é muito favorável... Monstros em forma de criancinhas embaixo da cama, vultos que te seguem na rua, brinquedos que se mexem sozinhos, barulhos...

— Deixa comigo— interrompeu Bruno, irritado. — Vou gravar e esfregar na cara de vocês.

A implicância constante dos colegas no Colégio Pentágono já havia ultrapassado o limite do tolerável. Não que Bruno os odiasse. Ele até gostava do Davi e dos outros. Mas aturar, diariamente, os comentários de que era covarde estava beirando o insuportável, ainda mais quando ele mesmo passava a duvidar da própria coragem. Tinha que fazer alguma coisa.

Durante todo o restante do dia, Bruno pensou sobre a lenda. Quando chegou em casa, pesquisou no Google por antigos incêndios, tentando definir alguma relação, mas nada era muito claro. Procurou sobre a lenda de John Doria e só achou relatos praticamente idênticos aos de Davi. Lendas urbanas são assim, ele concluiu, histórias que existiam para assustar e fazer a gente nem ousar colocá-las à prova. Só que dessa vez ele agiria diferente.

Quando o sol começou a desaparecer, decidiu: diria a maldita frase três vezes e provaria, de uma vez por todas, que não era aquele medroso. A conhecida sensação de temor começava a aparecer, cada vez mais forte, e ele evitou considerar a hipótese da lenda ser verdadeira. Metade dele lhe dizia para não brincar daquilo, mas a outra metade já estava mais do que cansada de viver prisioneira das chacotas.

O celular ainda estava gravando enquanto ele mergulhava em pensamentos passados e se concentrava para dizer a frase pela segunda vez.

— O velho Doria quer me contar uma história — repetiu Bruno, cauteloso, olhando para si mesmo no espelho, quase sussurrando. Novamente a casa permaneceu silenciosa e nada aconteceu.

Soltando o ar que estava preso no peito, olhou para o celular. A câmera ainda gravava seu rosto pálido. Faltava apenas mais uma vez, e ele conseguiria. Mostraria para o Davi, para o puxa-saco dele, Diego, e para aquele gordo do Carlos que ele era corajoso de verdade. Lembrou-se da conversa que teve com os pais durante jantar naquela noite.

— Pai... Mãe... Vocês acham que eu sou muito medroso? — ele perguntou, sem rodeios, olhando para o prato, enquanto enrolava o macarrão no garfo.

Seus pais se entreolharam e Rita, sua mãe, falou primeiro.

— Filho... Bem, digamos que você seja um rapaz com a mente muito fértil — ela disse, com o sorriso reconfortante de sempre. — Ou seja, você cria cenários e situações com muita facilidade, mas isso não é de um todo ruim! É só você aprender a lidar... Não é, Jorge?

— Sim, claro, Rita, querida... — O pai dele se engasgou, surpreso ao ser requisitado tão repentinamente. — Bruninho tem alguns problemas com pesadelos, mas acho que é a idade. Eu também era assim, não conseguia dormir sozinho no escuro. Mas com o tempo, filhão, os nossos medos do imaginário vão desaparecendo, conforme nos confrontamos com as realidades da vida...

Bruno concordou, mas a conversa não o convenceu. Será que até seus pais achavam que ele não era corajoso? Também pudera, ele calculou, as ocorrências assustadoras vinham desde a infância. Quando era criança, tinha o hábito de correr para o quarto dos pais sempre que algo o amedrontava. Agora, com quinze anos, já não era mais tão fácil procurar abrigo na cama deles. Pegava mal... Restava apenas, então, encontrar alguma forma de mudar a sua fama.

E a saída parecia estar, inevitavelmente, na antiga lenda do John Doria, que assustava os habitantes de Minnesota e dos Estados Unidos havia muito mais tempo do que ele poderia ter sido capaz de imaginar. Era, de fato, meio impressionante ele não ter descoberto a lenda antes. Apesar do medo, conhecia bastante sobre a maioria delas, até para se manter afastado. Talvez tenha sido sorte, ele pensou, talvez por isso tivesse se mantido vivo por tanto tempo. Mas ainda teria que descobrir.

Bruno respirou fundo. A mão que mantinha o celular gravando seu ato de bravura (ou de suicídio, como ele evitava pensar) suava frio. Uma simples frase dita pela terceira vez separava um rapaz medroso, cuja fama seria confirmada no dia seguinte, de um rapaz corajoso que teria uma nova vida. Olhando em volta, tudo parecia normal. Por alguns segundos, Bruno até sentiu-se bobo por estar temendo tanto. Era só uma lenda. Uma velha e idiota lenda. Não era? Com uma expressão de desafio em seu rosto e com o coração batendo quase na garganta, falou pela terceira vez:

— O velho Doria quer me contar uma história.

Ao pronunciar a última sílaba, fechou os olhos esperando o pior, mas nada aconteceu. Estava feito, ele tinha conseguido. Esboçou um sorriso tímido e abriu os olhos. No entanto, quando encarou suas próprias íris, notou que no espelho havia mais um reflexo além do seu, e seu estômago despencou. Um homem alto, magro, com os cabelos e a barba desgrenhados, e a pele coberta de queimaduras posava ao seu lado.

A figura desconhecida encostou uma de suas mãos, ferida e suja de lama, pelo lado de dentro do espelho e olhou fixamente para Bruno, que permaneceu imóvel, com o coração congelado, ainda segurando o celular em modo de gravação de vídeo, sem nem ao menos piscar. O homem sussurrou durante quase um minuto, tirou sua mão do espelho e se afastou do reflexo, sem que o adolescente movesse sequer um dedo.

Só então Bruno saiu do banheiro.

Dois amigos conversavam sentados à beira de uma pista de skate na praia de Ipanema, zona sul do Rio de Janeiro. A sessão daquela noite tinha sido irada, como sempre, e eles aproveitavam para descansar curtindo o vento do mar antes de voltarem para as suas respectivas casas. Igor, o mais velho, gabava-se das manobras que tinha conseguido executar e disputava com Flávio quem pagaria a pizza.

— Cara, não adianta... Você pode falar o quanto quiser, reclamar o quanto quiser, mas aquele último flip garantiu, no mínimo, uma calabresa tamanho família. Nem adianta chorar.

— Quê!? Que flip, cara? Aquele todo torto?

— Ah, Flávio, não mete essa! Até o tio da pipoca aplaudiu quando eu mandei, eu vi de longe!

Flávio olhou para o seu Julio, o pipoqueiro, e protestou.

— Cara, o seu Julio tá cagando para as suas manobras! Olha lá! — Flávio gritou, apontando — Olha pra ele! Se der mole, ele nem sabe que a gente tá aqui, ele tá muito ocupado economizando no bacon da galera na hora de servir a pipoca.

Igor deu de ombros e começou a rir. Nisso ele tinha que concordar, mesmo assim continuaram discutindo durante alguns minutos até verem Lucas, outro amigo deles, se aproximar. O rapaz andava distraído, com seu skate embaixo de um dos braços e com o outro segurando o celular, para onde olhava fixamente.

— Lucaboy! — Igor gritou. — Chega aí! E para de ficar vendo esses vídeos de sacanagem no WhatsApp, cara, você tá ficando viciado!

O rapaz quase não deu atenção. Levantou a cabeça, viu os amigos sentados e voltou o olhar para a tela. Quando se sentou ao lado deles, Flávio o cumprimentou, em vão, e Igor insistiu:

— Não, sério. O que tem de tão interessante aí, Lucas? LUCAS?

— Cara... Vocês estão ligados naquela casa que pegou fogo lá no Valqueire? — Lucas sussurrou, aparentemente impressionado com alguma coisa que lia.

Flávio fez cara de quem não estava acreditando e reclamou, com os braços estendidos:

— Pô, velho, estávamos falando das manobras imaginárias de skate do Igor, de rachar uma pizza... Coisas tranquilas. Aí tu chega do nada e lembra a gente de uma merda dessas? Sacanagem, hein?

— É sério, galera. Vocês lembram?

— Porra, é claro! Faz o quê? Um mês? Nem um mês, né?

— Você diz aquela casa lá de condomínio, que pegou fogo com a família inteira dentro e matou todo mundo? — indagou Igor.

— Essa mesma. Fez um mês ontem. E parece que eles acharam o celular do rapaz que morava na casa... Estão contando uma história bizarra por aí.

— Qual história?

Lucas olhou novamente para o celular.

— Estão dizendo que foi o garoto que tacou fogo na casa... Parece que ele estava possuído, sei lá, brincando com alguma coisa que fez ele incendiar tudo. — Flávio e Igor se entreolharam e começaram a rir. — Tô falando sério gente, tem vídeo e tudo. Ainda não vi, porque essas informações que estão espalhando por aí são vazadas de dentro polícia, mas pelo que estão falando na internet ele estava gravando uma brincadeira no espelho de um tal de John Doria.

— João Doria? — Igor perguntou.

— Não, John Doria... John, mesmo, tipo John Lennon.

— E quem é esse cara? Que brincadeira é essa? — Flávio quis saber. Lucas mexeu na tela de seu iPhone, provavelmente procurando a resposta, e falou logo em seguida.

— Está aqui. Estão dizendo que se você pedir três vezes pro John Doria contar a história dele, de frente pro espelho, sozinho e à meia-noite, ele aparece e...

— Você só pode estar de sacanagem, Lucas — brincou Igor, gargalhando. — Tipo a loira do banheiro? É isso mesmo?

— É o que está aqui. Ele falou "o velho Doria quer me contar uma história" três vezes e aí aquela merda aconteceu. Dizem que no vídeo dá pra ver tudo. Ele fala as frases, o espírito do velho aparece no espelho e ele fica igual a um robô, mas continua segurando o celular. Daí ele sai do banheiro, vai na cozinha e sai queimando as coisas, com todas as bocas do fogão acesas. Tranca as portas, joga álcool pela casa e fica repetindo umas paradas lá... A câmera grava meio de cabeça pra baixo, porque ele estava segurando o celular sem notar que gravava, eu acho... Parece que é um vídeo bem sinistro.

— Beleza, e ele fez tudo isso e resolveu gravar pra quê? — Flávio perguntou. — Queria jogar no YouTube pra viralizar e ele ficar famoso?

— Aí é que tá. Ele estudava lá no Pentágono, sabe? O colégio onde a Sara estudou, no Valqueire... — Lucas respondeu, e viu a cara de interrogação do Flávio. — A Sara, cara, aquela gostosinha que é irmã do Neto, que surfa com a gente ali no Seis. Sabe quem é?

— Aaah, sim... Sei. E como sei!

— Então, esse moleque que incendiou a casa tinha uns amigos que estudavam lá. Eles foram interrogados e o caralho, estão em tratamento com psicólogos e sumiram do colégio. Porque parece que foram eles que influenciaram o garoto a fazer a tal brincadeira e a gravar pra mostrar pra eles depois...

— A Sara conhecia algum?

— Provavelmente... Vou ver se falo com ela depois. Mas eu achei tudo muito bizarro... Porra, se for verdade mesmo, o moleque incendiou a casa com os pais dentro, cara...

Ainda que Igor e Flávio não acreditassem muito na história, naquele momento eles sentiram um calafrio de pesar. Realmente tinha sido uma grande tragédia e, dadas as dúvidas que envolviam o caso, estampou as capas de vários jornais e apareceu em quase todos os canais de televisão.

— E onde tem o vídeo? — Flávio perguntou, curioso.

— Ainda não vazaram, mas acho que é questão de tempo... No final, eles sempre vazam.

Os amigos concordaram e ficaram um tempo em silêncio. Até Igor quebrar o gelo.

— Bom, mas agora não tem muito mais o que a gente possa fazer, né? E o Flávio me deve uma pizza!

Lucas gargalhou sonoramente, levantou os olhos do celular e pediu para saber o que tinha acontecido naquela sessão. Assim, o assunto acabou morrendo. Os três continuaram na pista de skate por mais algumas horas e acabaram fazendo uma nova sessão, dessa vez com a presença de Lucas.

Quando saíram, cansados e famintos, foram direto para o Garça, pizzaria conhecida pelos jovens em Ipanema pelo ambiente moderno e agradável, e pelos bons preços. No final das contas, não houve discussão. Os três pagaram, comeram até estufar a barriga e conversaram animados até quase onze horas da noite, quando resolveram que já era hora de ir para casa. Despediram-se, marcaram um horário para a sessão do dia seguinte e cada um foi para um canto.

Igor era o que morava mais perto. Assim que chegou em casa, cumprimentou os pais e a irmã mais nova na cozinha, onde ela mostrou, orgulhosa, o desenho que tinha feito. Elogiando o talento da irmãzinha, deu um beijo na bochecha da menina e foi até o banheiro. Pegou-se, de repente, lembrando-se da história do incêndio no Valqueire que o Lucas tinha contado. Riu sozinho quando os vários filmes que já tinha assistido sobre lendas iguais àquela passaram por sua mente, e imaginou como as pessoas eram capazes de acreditar naquilo. Sim, tinha sido um acontecimento trágico e misterioso, mas lenda urbana? Putz...

Tomou um banho gelado e revigorante, pensando em como o Lucas era medroso por acreditar naquela besteira. Ele próprio já tinha brincado de várias dessas brincadeiras assustadoras quando era mais novo. Brincou com o copo, com o compasso e até já tinha usado um tabuleiro Ouija uma vez. Se ele não tinha medo com 14 anos, não seria com 20 que passaria a ter. Ainda achando graça, saiu do chuveiro, secou-se e foi até o quarto trocar de roupa. Planejava mandar uma mensagem para a Sara, perguntando algo sobre o caso. Talvez até a chamasse para sair novamente, ele pensou. A Sara era incrível...

Quando olhou para a hora na tela de seu celular, viu que faltavam cinco minutos para a meia-noite. Com a curiosidade aflorando, sentiu, de repente, uma vontade imensa de testar a tal brincadeira. Igor Macedo não dispensava um bom desafio. Caminhou novamente até o banheiro e apagou as luzes. Já que o Lucas não tinha visto o flip irado que ele mandou na sessão daquele dia e o Flávio tinha fingido que não viu, levaria uma surpresa para os dois no dia seguinte. E de quebra ganharia uns pontinhos com a Sara.

De frente para o espelho redondo, Igor colocou o celular em modo de gravação de vídeo. Como era mesmo? Pigarreando, ele lembrou:

"O velho Doria quer me contar uma história..."

RODRIGO RAMOS, designer, crítico e pesquisador de histórias em quadrinhos, Rodrigo foi coautor da enciclopédia *Medo de Palhaço* em 2016 e, logo em seguida, estreou na ficção com contos de horror para os dois volumes da série *Narrativas do Medo*. Em 2017 publicou sua primeira HQ, *Carniça*, ao lado de Marcel Bartholo, inaugurando o selo Carniça Quadrinhos, pelo qual também lançou *Lama* e *Canil*. Em 2019 coeditou e coorganizou a coletânea *VHS*, vencedora do HQ Mix de Melhor Publicação Independente de Grupo. Em 2020 lançou as webcomics *Clayton Cross* e a série *Causos*, ambas publicadas diretamente no Instagram.

PENITÊNCIA

Rodrigo Ramos

O velho padre Bento estava nervoso. Ele havia chegado alguns dias atrás à pequena cidade no interior de São Paulo e esta seria sua primeira missa no lugar. Ele já não aguentava mais essa vida, sempre mudando de igreja, e o bispo já estava cansado de transferi-lo pra lá e pra cá. Esta seria a última vez, Bento prometeu. Era domingo de manhã e os fiéis já se amontoavam sob a sombra da única árvore da pequena praça de terra batida em frente à velha igreja. O lugar estava caindo aos pedaços. Rachaduras cobriam todas as paredes da paróquia e os raios de sol iluminavam o local através dos buracos nos vitrais, com seus fachos etéreos. Pelo menos até a próxima chuva. Andorinhas sobrevoavam as cabeças dos fiéis, saltando de seus ninhos nas vigas de madeira que seguravam o precário teto. Padre Bento respirou fundo, fez o sinal da cruz e abriu as grandes e pesadas portas de madeira da paróquia, fazendo as enferrujadas dobradiças rangerem.

Os fiéis foram entrando, um a um, enquanto Bento os cumprimentava, desejando um bom-dia e a paz de Cristo. As beatas apertavam o passo para pegar um bom lugar, bem na frente do altar. Logo ali, quase no final da fila, seu Pedro da mercearia chegava com sua esposa, trazendo a filha Maria no colo. Uma linda menina de pouco mais de cinco anos, vestida como uma boneca, com fita no cabelo e tudo. Seu coração parou por uma fração de segundos, até que o próximo fiel parou para cumprimentá-lo. Sua última conversa com o bispo veio à mente e ele se lembrou da promessa feita.

— Não dá mais pra continuar assim, Bento — disse o bispo, assim que o padre passou pela porta.

— É tudo mentira! Essa gente não aceita a palavra de Deus e...

— Chega, Bento! Você sabe que, se isso continuar, vai chegar uma hora em que eu não vou poder mais te ajudar. Não vou poder mais te esconder!

— Mas...

— O homem veio até aqui com um revólver na mão, Bento! O homem balançou o revólver na minha cara! Na cara do bispo! Falou que, se eu não desse um jeito de sumir com você, ele mesmo o faria.

Bento havia sido chamado às pressas à diocese para uma reunião urgente com o bispo sobre os novos boatos envolvendo seu relacionamento com a filha do prefeito. Uma menina de pouco mais de 15 anos, com longos cabelos negros, a quem Bento havia se encarregado de ensinar violão depois da missa. O prefeito, muito católico, procurou o bispo pessoalmente, exigindo uma atitude. Bento saiu às pressas da cidade, escoltado pelos funcionários do prefeito para garantir que ele nunca mais voltasse.

Bento soube posteriormente que, depois de sua saída da cidade, a menina foi enviada para a capital com a mãe, para dar fim à barriga e acabou falecendo.

Naquela noite, olhando para o teto de seus aposentos no pequeno quarto atrás do altar, Bento não conseguiu dormir. A imagem da filha do seu Pedro e a promessa feita ao bispo não saíam de sua cabeça. Levantou-se no meio da madrugada, abriu o velho guarda-roupa que ficava ao lado da surrada cama patente e retirou uma pequena valise vermelha da última gaveta. Pegou a chave que trazia pendurada no pescoço e abriu as duas pequenas fechaduras que mantinham seus segredos seguros na velha maleta. Dentro, uma pequena chibata de couro trançado jazia enrolada.

Com ela em mãos, Bento se dirigiu ao altar, ajoelhou-se diante da enorme cruz e de seu Cristo de gesso assustadoramente realista e começou a rezar o pai-nosso. A cada frase da oração, Bento desferia uma vigorosa chibatada em suas próprias costas nuas. A chibata cortava o ar, com um zunido que culminava em um estalo, rasgando sua pele surrada. A cada novo estalo, uma nova ferida se abria, vertendo sangue quente sobre cicatrizes antigas. Bento perdeu a conta de quantas vezes rezou o pai-nosso até que a dor foi mais forte e o padre caiu, tingindo de sangue o chão de mármore da velha igreja.

Na manhã seguinte, Bento foi acordado pelo sol, que atravessava os vitrais e banhava seu rosto enrugado com luzes coloridas, e pelo intenso cheiro de rosas que se espalhava pelo local. Cuidou de suas feridas, lavou o chão de mármore e resolveu caminhar pela cidade. Algumas crianças jogavam bola na praça, e alguns homens idosos conversavam à sombra da árvore. Todos se apressavam a cumprimentar o novo padre, pedindo sua bênção e desejando-lhe um bom-dia, enquanto Bento seguia em direção à rua principal, que levava à mercearia do seu Pedro. O lugar ficava a algumas quadras dali e um café jogando conversa fora cairia muito bem depois da noite que teve.

Pelo menos era disso que sua consciência tentava convencê-lo ao descer pela larga rua de paralelepípedos. Distraído pela dor que ainda lhe causavam as feridas da noite anterior e pelo pinicar dos curativos malfeitos, Bento ouviu um acelerado galopar vindo em sua direção. Virou-se rapidamente, enquanto subia para a calçada, mas não havia nada. Foi resultado da noite anterior, Bento pensou. E seguiu seu caminho até a mercearia, onde foi recebido com um caloroso abraço por Pedro, que foi logo lhe servindo um pingado e um pão com manteiga.

— Seu padre! A que devo a honra?

— Me confessaram que o senhor serve o melhor pingado da cidade. Resolvi conferir este pecado! — Bento sentou-se ao balcão, de onde poderia conversar sem atrapalhar os afazeres do novo amigo.

— O pecado é ser o único pingado da cidade! — o homem disse rindo, completando o copo americano com leite e o empurrando até o padre.

— E como vai a família? — perguntou enquanto olhava ao redor, tentando esconder a ansiedade e procurando a verdadeira razão de sua visita por entre as prateleiras.

— Vamos bem, graças ao bom Deus. A patroa foi pra cidade buscar algumas coisas que estavam faltando aqui na venda, e Maria ficou com a tia até a mãe voltar. Não dá pra deixar a criança correndo por aqui. A danada já quebrou muita coisa querendo ajudar os pais na lida.

— Melhor assim, então! Mais seguro para todos! — disse o padre, antes de dar o último gole no pingado. Já era quase hora de receber os fiéis para a confissão. Levantou-se, se despediu com um abraço e voltou para a igreja, aliviado e, mesmo que não quisesse admitir para si mesmo, frustrado.

Bento estava varrendo o chão da igreja, cantarolando um antigo hino quando, de rabo de olho, percebeu que algumas crianças corriam e riam no fundo da igreja, logo atrás da última fileira dos bancos. Parando o que estava fazendo, o padre chamou a atenção das crianças, pedindo que fossem brincar lá fora. Os risinhos pararam imediatamente e elas congelaram em seus lugares, voltando-se para o velho padre, que forçava os olhos para ver quem eram os diabinhos que consideravam a casa do Senhor um bom lugar para brincar de pega-pega. Bento sentiu um arrepio percorrer sua espinha ao perceber que as crianças eram apenas vultos que apontavam em sua direção enquanto suas cabecinhas pendiam de um lado para o outro.

O velho e incrédulo padre fechou, bem apertado, seus olhos. Talvez finalmente estivesse precisando usar óculos ou o sol que brilhava através da grande porta aberta estivesse atrapalhando sua visão. Quando reabriu os olhos, as crianças não estavam mais lá. Bento largou a vassoura e correu para a porta da igreja, buscando uma explicação para o que acabara de acontecer. Chegou afobado às escadas e seu coração disparou quando percebeu que não havia criança nenhuma por perto.

Já era hora de fechar a igreja e bater o sino e Bento estava exausto. A noite anterior, somada às estranhas ocorrências do dia e à grande quantidade de velhas beatas que se enfileiraram para confessar seus pequenos e fúteis pecados — e principalmente fofocar sobre quase todos os habitantes da pequena cidade —, mostrou o quanto sua idade e condições físicas não o deixariam se mudar mais uma vez. Bento precisava controlar seus impulsos. Após o banho, gelado como sempre, o padre sentou-se à beira da velha cama patente no quartinho atrás do altar e, depois de muito tempo, chorou. O peso da culpa e a consciência de que não conseguiria parar alimentaram seus soluços noite adentro. Era questão de tempo até que um pai furioso tomasse a justiça nas mãos ou até que uma turba enfurecida ignorasse a santidade de sua morada e o arrastasse para fora, onde seria linchado em praça pública. Será que seu Pedro seria capaz de um justiçamento? Bento levantou-se, enxugou o rosto com as palmas das mãos e foi até o altar.

Àquela hora da madrugada, a luz da lua cheia atravessava os vitrais quebrados e os buracos no teto, iluminando diretamente o grande Cristo de gesso, dando a ele uma aura ainda mais etérea e sagrada. Bento pegou uma das velas de sete dias acesas ao lado do confessionário e a levou para seus aposentos. Após colocar a vela sobre criado mudo, cerrou seus punhos em torno do terço de madeira que sua mãe havia lhe dado quando começou o seminário e, enquanto rezava o pai-nosso, segurou seus pulsos sobre a chama, que tremia no ritmo de sua respiração ofegante. Quando bolhas começaram a se formar, o velho padre levantou a vela com as mãos e, pedindo perdão, derramou a cera derretida em seu peito, barriga e genitais.

O estrondo forte, vindo da igreja, o fez despertar assustado. A porta finalmente caiu, pensou. Tentou se levantar, mas, ainda sentindo a dor das queimaduras, permaneceu deitado, procurando decifrar o ruído e forças para se colocar em pé. Nada. Silêncio absoluto até que o estranho som invadiu o corredor que levava até o quartinho. Um ruído inconstante de algo pesado sendo arrastado pelo chão de pedra, intercalado pelo som de vagarosos passos descalços, se tornava cada vez mais próximo.

Sem entender o que estava acontecendo, Bento apertou com força seu terço de madeira quando o cheiro de rosas invadiu o quarto. O ruído parou e as batidas do seu coração pareciam ter parado junto. Uma enorme figura projetava agora uma sombra que invadia o quartinho. Bento cerrou os olhos bem forte até perceber que, fosse lá o que fosse aquilo, já se encontrava de pé à porta. O cheiro intenso de rosas invadiu suas narinas com tanta força que ele abriu os olhos. O enorme Cristo de gesso se encontrava aos pés da cama, com sua cruz nos ombros e suas chagas abertas, derramando uma corrente incessante de sangue por todo o recinto. Seus olhos vazios encararam Bento que, incapaz de encarar a enorme figura à sua frente, desviou o olhar. Quando se virou novamente para os pés da cama, a imagem não estava mais lá.

— Pai. Perdoai-me! — murmurou entre soluços, enquanto as lágrimas rolavam de seus olhos inchados.

Na manhã seguinte, Bento não quis se levantar para varrer a entrada da igreja, trocar as flores e preparar o altar. Seu corpo todo doía, suava frio e sentia tremores tão fortes a ponto de bater os dentes. Os dois dias seguidos de penitência estavam cobrando um preço alto demais para um corpo velho e cansado. Ficou deitado até a tardezinha, quando dona Catarina bateu na grande porta de madeira. A beata ficara de trazer o jantar para o padre. Seu marido sofrera um acidente com o caminhão havia alguns anos e ficou paraplégico. Depois disso, passava a maior parte dos dias em frente à TV. A revolta com sua condição o tornara um homem amargo e silencioso. Ajudar o padre na igreja era uma das poucas alegrias da velha beata e isso a mantinha ocupada e feliz.

Quando não obteve resposta, dona Catarina deu a volta na pequena igreja até os fundos, onde havia uma pequena porta que dava para a sala da administração da paróquia. Padre Bento havia lhe confiado a chave da sacristia para alguma eventual emergência e a senhorinha considerou que este era o caso. Abriu a porta e foi entrando. A sacristia era um lugar escuro, cheio de caixas amontoadas com documentos e objetos doados, sacos e mais sacos de roupas velhas que deveriam ser enviadas para a caridade. Também havia algumas imagens de santos cobertas com lençóis encardidos enquanto aguardavam restauração. A pouca iluminação do local dava um ar fantasmagórico às estátuas empoeiradas. Colocou a travessa de comida embrulhada com papel-alumínio em cima da escrivaninha que se aninhava no centro da sala e chamou o padre algumas vezes enquanto se direcionava ao quartinho nos fundos do altar. Sem obter resposta a seus chamados, dona Catarina se preparou para o pior, quando chegou à porta do recinto, que se encontrava aberta.

— Padre Bento? — chamou baixinho, colocando lentamente a cabeça para dentro do pequeno quarto.

— Dona Catarina... — O sussurro foi quase inaudível.

— Ai, meu Deus do céu! Seu padre! O que aconteceu? Virgem Maria!

— Penitência... — O padre estava gelado e suava em bicas. Dona Catarina interpretou a palavra aleatória como sinal da febre.

— Fica calmo. Eu vou chamar o doutor Cláudio! — E saiu desembestada, deixando o velho padre com seus delírios febris.

O tempo passou e o padre já não conseguia mais diferenciar horas e minutos, enquanto se contorcia e tremia na velha cama patente no quartinho atrás do altar. Seus olhos ardiam e era difícil mantê-los abertos. Orando com o terço apertado nas mãos, na esperança de preparar sua alma para a partida, Bento acreditou ter ouvido novamente os risinhos que vinham da igreja. Foi quando dona Catarina e doutor Cláudio entraram ofegantes no recinto. O médico parecia ter sido tirado de seu dia de folga e usava seu jaleco com uma das mangas viradas do avesso sem nem ter percebido. Trazia nas mãos o estetoscópio e uma daquelas velhas maletas que vemos os médicos usando em novelas de época. Puxou um banquinho, sentou-se ao lado da cama e pediu que a velha os deixasse um minuto a sós — o que dona Catarina fez imediatamente, fechando a porta atrás de si e encostando o ouvido na madeira fria para acompanhar a consulta.

— O que houve padre?

— Chegou a minha hora, doutor. Chegou a minha hora.

— Calma lá! Quem faz os diagnósticos aqui sou seu. Preciso examinar o senhor — disse o médico, fazendo menção de abrir a camisa do pijama do velho padre.

— Não! — Bento disse e segurou bruscamente a mão do médico que, sem precisar perguntar nada, percebeu o sangue e o pus que manchavam o pijama sobre a pequena chave que repousava em seu peito, amarrada a um cordão.

— Está infeccionado. O que o senhor andou fazendo?

— Chegou minha hora, doutor. Finalmente vou reencontrar todas elas. Minhas crianças... — Enquanto murmurava estas palavras, o padre caiu inconsciente.

Respeitando o que pôde da privacidade do padre, o preocupado médico aplicou-lhe uma injeção e deixou alguns comprimidos ao lado da moringa de barro, em cima do criado mudo. Levantou-se, cobriu o enfermo com um velho cobertor que se encontrava dobrado no armário e saiu.

— Como ele está? — perguntou a beata, preocupada.

— Não dá pra dizer exatamente, mas se não o levarmos para o hospital logo ele pode não passar desta noite.

— Deus é pai!— disse dona Catarina, fazendo o sinal da cruz três vezes.

— Eu vou pra casa pegar minhas coisas e chamar a ambulância. Ela deve demorar umas duas horas. — Não havia hospital na pequena cidade e qualquer internação devia ser feita na Santa Casa da região, a uns 100 km de distância. — A senhora vai ficar aqui com ele?

— Eu tenho que ir pra casa. Preciso dar o remédio pro Aristides e botar o homem na cama. O senhor sabe.

— Certo. Eu dou uma carona pra senhora — disse o médico à velhinha, e saíram da igreja.

Bento foi despertado de seu sono febril pelas fortes batidas que vinham da porta da igreja. Pensando ser o médico e a ambulância que tentavam forçar a entrada para levá-lo, o padre juntou forças e se levantou. Seu corpo não doía mais, mas se sentia pesado, como se arrastasse atrás de si a culpa acumulada ao longo dos anos. Bento andou lentamente até a frente do altar e pôs-se a caminhar no corredor entre as fileiras de bancos até a porta. Um novo estrondo, ainda mais alto dessa vez, fez com que o padre estacasse no lugar. Mais um estrondo e as pesadas portas se escancararam. Ao contrário de homens de branco trazendo a salvação, o que atravessou os grossos batentes de madeira fez com que o padre se urinasse ali mesmo.

Um enorme cavalo negro, com seu pelo lustroso e reluzente à lua cheia, entrou trotando em direção ao padre. No lugar de sua cabeça, a abominação cuspia fogo em labaredas que iluminavam os vultos de crianças que dançavam rindo e cantando ao seu redor. Eram as mesmas crianças que Bento vira no dia anterior, mas, dessa vez, o velho padre reconheceu cada uma delas. Enquanto a grotesca visão se aproximava, ele reconheceu a criatura ao perceber que o demoníaco animal trazia em seu lombo, agarrado às longas crinas negras com suas pequenas mãozinhas ensanguentadas, como se cavalgando o monstro flamejante, o feto de seu filho não nascido.

Doutor Cláudio nem teve tempo de questionar as enormes portas abertas da igreja quando entrou correndo com os paramédicos. Sua corrida em direção ao quartinho atrás do altar foi interrompida pela visão do volume retorcido pendurado em uma das vigas da igreja. Amarrado pelo pescoço por uma longa corda de sisal, o corpo do velho padre balançava suavemente bem à frente do enorme Cristo de gesso.

HEDJAN C.S., carioca de 1978. Colunista na revista Sarau Subúrbio, no projeto Aleatórios e no blog da Luva Editora. Autor de *Preâmbulo Gótico* (Amazon, 2020), *Gótico Suburbano* (Luva Editora, 2019), *Terror Gratuito* (Independente, 2018). Roteirista na coletânea de quadrinhos *VHS - Vídeo Horror Show* (2019, selo Belzebooks) e no projeto *Subúrbio Zero* (Instacomics). Publicou em diversas coletâneas. Prêmios recebidos: II Concurso Literário de São João Marcos (2017), Prêmio Strix (2018), II Prêmio Nacional de Literatura de Belford Roxo (2019),I Concurso Literário Contos Sombrios de Paquetá (2019).

Filhos do Escuro

Hedjan C.S.

O som no corredor se repetiu.

Dessa vez, muito mais perto da porta e bastante nítido. Alguém mexera na maçaneta.

Abel fechou o livro sem marcar onde parara. Na capa que imitava couro marrom, em letras douradas, lia-se *Henrique IV – Shakespeare*. Andou silenciosamente até a porta. Pelo olho mágico, viu o elevador, a pesada e cinzenta porta corta-fogo que conduzia às escadas e a porta em mogno do apartamento da frente. Não havia ninguém.

A luz do corredor estava acesa e ele pensou, irritado, em como o condomínio esbanjava dinheiro. Por que não colocavam um sensor de presença ali? Seu dinheiro era capim?

Voltou para sua poltrona e sentou-se, colocando o livro sobre o criado mudo, ao lado da foto de Gerusa. Contemplou a foto, agradecendo mentalmente pelo conforto que ela lhe deixara. Percebeu que não marcara onde parou a leitura. Não fazia diferença. Conhecia cada ato, cada cena, cada fala dos personagens. Mas não pensava no bardo inglês. Seus olhos continuavam fixos na porta.

Era a terceira vez naquela noite que o barulho chamava sua atenção. Primeiro, foi o som de pés se arrastando, depois um baque e agora a maçaneta. Se houvesse mais pessoas morando com ele, o barulho talvez passasse despercebido. Mas o apartamento vazio era um amplificador para sons externos. Podia dizer quando o elevador se colocava em marcha, levando seus vizinhos para casa ou para o trabalho; sabia quando alguém deixava a pesada corta-fogo bater; sabia até quando um marido saía de casa brigado com a esposa, batendo a porta com força. Ouvia risadinhas de jovens que namoravam na escada. As escadas eram palco de cenas ordinárias da, teoricamente, seleta vizinhança.

Felizmente, morava no último andar do prédio e os barulhos da rua, buzinas, carros acelerando e xingamentos chegavam como um mero rumor. Era um lugar agradável de morar.

Bem diferente dos outros pardieiros que já habitara.

Olhou a capa do livro e sorriu. Andou em direção ao aparador repleto de bebidas e serviu uma dose generosa de conhaque. Tomou o conteúdo de uma vez só e serviu mais uma. Com o copo na mão, caminhou até a varanda, de onde ficou observando as luzes da orla.

Sua voz metálica cortou a noite, enquanto a mão erguia o copo em direção à boca:

— “Nada parecerá reprovável para aqueles que vencem.” Henrique IV, Parte 1, ato V, cena 1. — Com um sorriso, tomou um gole.

Sempre que bebia naquele lugar pensava nas coisas que viveu, que poderiam ter acabado com qualquer um, mas que foram superadas por ele.

Quarenta anos atrás, ele era um estudante de medicina mediano na Bahia. Não que ele tivesse escolhido seguir esse caminho. O pai sempre sonhara com um filho médico e, como o irmão mais velho auxiliava o pai na administração da fazenda desde cedo, coube ao mais novo seguir a carreira acadêmica. Ainda jovem, mudou-se do interior para Salvador, indo morar na casa de tios que ele nunca vira. O dinheiro de seu pai, um próspero fazendeiro de cacau, comprava a bajulação de muitos na cidade, mas nunca foi capaz de lhe comprar notas melhores do que as que ele se esforçava para alcançar. Não suportava os colegas, desprezava os tios e professores, e sentia ódio do pai por mandá-lo para lá. A solução surgiu em sua mente atormentada. Passou a pedir mais dinheiro nas cartas que enviava quinzenalmente. Dinheiro usado em orgias, prostitutas, bebedeiras, jogos. Frequentava os mais sórdidos estabelecimentos da capital e das cercanias. Era sua maneira de se vingar dopai.

O telefone tocou dentro do apartamento. Colocou o copo ao lado telefone e atendeu no terceiro toque. Era sua secretária:

— Boa noite, doutor. Estou ligando para confirmar suas consultas de amanhã. Desculpe a demora. Tive dificuldades em conseguir falar com a senhora Abigail, que está confirmada para amanhã, às 13h.

— Excelente trabalho. Tire o sábado de folga. Não vou prender você por causa de um único paciente.

Ouviu os agradecimentos da secretária sem prestar atenção. Quando ela terminou, despediu-se polidamente.

A senhora Abigail era uma paciente de longa data. A velha pagava bem e o adorava. O dinheiro vinha fácil, não precisava perder o sono ou correr riscos. Diferente do passado, quando cada dia envolvia arriscar o pescoço por ninharias, na época em que o dinheiro mandado pelo pai começou a escassear.

Algo se chocou contra a porta. Dessa vez, não se importou em ser silencioso. Manuseando habilmente as chaves, abriu a fechadura enquanto olhava pelo olho mágico.

O corredor estava vazio. Aproximou-se do elevador. O indicador digital marcava o térreo. Abriu a porta corta-fogo e viu a escada vazia. Dirigia-se para a porta quando se lembrou da luz acesa do corredor.

— Desgraçados esbanjadores — murmurou, apagando a luz.

No momento em que o hall foi dominado pela escuridão, um cheiro que Abel não notara até então chegou às suas narinas. Era o cheiro de produtos de limpeza utilizados pelos funcionários do prédio, mas, por baixo, havia o cheiro adocicado de algo em decomposição. Provavelmente alguém, contrariando as normas do edifício, deixara um saco com restos de comida na escada. Sim, era cheiro de carne podre. O desinfetante talvez fosse fraco ou o faxineiro não limpasse direito. Era hora de trocar um ou o outro.

Fechando a porta, olhou o relógio. Ainda eram 20h45. Gostaria de se deitar cedo, mas sabia que o sono demoraria a chegar, como sempre. Ficava deitado pensando e pensando. Sua mente nunca parava de trabalhar. Essa fora a sua salvação.

Quando a carta enviada da fazenda de seu pai chegou e ele viu os garranchos de seu irmão mais velho, soube que algo errado estava acontecendo. De sua maneira canhestra, o irmão contou sobre problemas na fazenda e uma diminuição no dinheiro enviado mensalmente. O dinheiro para a faculdade não mudaria, mas a quantia restante seria diminuída a menos da metade.

Nessa época, o dinheiro estava sendo usado para saldar dívidas de jogos com pessoas perigosas. A mente de Abel começou a trabalhar.

Nos corredores da faculdade, contava-se a história de um aluno que levantara uma pequena fortuna comercializando morfina e outros anestésicos furtados do estoque do hospital. O aluno acabou falando demais sobre seus feitos para um amigo quando estava bêbado e a história vazou. No fim, o tal aluno se enforcou sem nenhuma carta de despedida.

Abel nunca cometeria esse erro. Não tinha amigos para confidências. Por isso, diferente do outro aluno, ele nunca foi descoberto e conseguiu saldar suas dívidas. Um dia resolveu parar de desviar os medicamentos do hospital, mas testar os limites do perigo e da segurança criaram nele uma dependência por situações similares. A vida do crime era mais excitante do que qualquer orgia regada à bebida cara.

Pegou o copo e esvaziou-o num único gole, indo pra cozinha. Já sentia a embriaguez rondando.

— "O vinho revela os sentimentos...."...

De quem seria aquilo? Seria de Byron? Talvez Horácio......

Um novo som vindo do corredor fez com que virasse a cabeça rapidamente: uma risada de criança.

Espiando pelo olho mágico, amaldiçoou-se por ter apagado a luz. Não via nada, mas devia haver um pestinha escondido nas sombras. Teve a impressão de ver algo se movendo furtivamente no escuro.

Pegou o interfone. Uma voz grave atendeu de pronto.

— Portaria, boa noite. Jó falando.

— Aqui é o doutor Abel.

— Boa noite, doutor.

— Não tão boa — cortou Abel. — Estou ouvindo barulhos no meu corredor.

— Barulhos?

— Ouvi uma criança rindo agora mesmo. — Teve de se controlar, pois sua vontade era dizer "moleque desgraçado".

— Veja bem, doutor, os moradores do 302 têm um filho e viajaram. O garotinho do 701 está com catapora ou caxumba. Então...

— Vai ver que não era uma criança, mas podia ser um desses garotos zanzando por aí. Manda alguém olhar nas escadas. Se minha porta aparecer riscada ou se quebrarem alguma coisa... — Bateu o interfone sem terminar. Não suportava crianças de nenhuma idade.

Lembrou-se de sua atividade na Bahia que mais lhe trouxe dinheiro. Sua fábrica de anjinhos, sua clínica de abortos. Tudo começou com um amigo que engravidou uma empregada e só descobriu na semana do casamento. Depois do primeiro, mais solicitações foram chegando aos seus ouvidos. Pais desesperados de meninas de família, religiosos, políticos e outros insuspeitos o procuravam. Além do dinheiro, conseguia favores a serem cobrados. E ele soube aproveitar essa vantagem. Tudo ia bem até uma paciente, amante de figurão, falecer na mesa de operações. Foi o sinal para se mudar de Salvador. Despediu-se da família e prometeu voltar um dia. Sabia que mentia.

A campainha da porta tocou.

— Boa noite, doutor — cumprimentou o faxineiro, um homem com olhos de sono e pescoço taurino. A palavra "doutor" soava como "doutô". — O senhor ouviu barulhos aqui no seu andar?

— Ouvi sim, a risadinha de um moleque... E também mexeram na minha porta.

— "Seu" doutor, olhei tudo e não tem ninguém por aqui não... Será que não foi o vento?

— O vento dá risadinhas? Tinha alguém se esgueirando por aí... Um desses marginais do prédio, certamente... O condomínio tem obrigação de manter esses maconheiros longe das escadas.

— Pode deixar, doutor. Vou continuar de olho. Se aparecer qualquer coisa, eu resolvo. Falando nisso, achei isso aqui perto da sua porta. — Estendeu a mão na direção do médico. — É uma daquelas coisas do senhor, né? Tripa de mico, né? Só não sei se dá pra usar...

Em sua mão, havia uma mangueira de látex com vários nós. Abel pegou o garrote. O faxineiro falava alguma coisa, mas sua atenção estava totalmente voltada para o objeto em suas mãos. Ouviu um "...então, boa noite!" enquanto se afastava da porta apertando o material. Tomou uma dose dupla de vodca. Ficou vários minutos olhando o material. Sem pensar no que fazia, começou a tentar desfazer os nós.

Nós dados em garrotes. Já vira isso antes.

No Rio de Janeiro, levou um tempo para se estabelecer como médico. Suas finanças não eram modestas e, aliadas a um ou dois favores de antigos clientes, montou um consultório no Centro. Levou cerca de dois anos para conseguir montar sua clientela, mais tempo do que ele esperava, mas conseguiu.

Em um simpósio sobre geriatria, conheceu Gerusa, viúva de um renomado cirurgião cardíaco. Regulavam em idade e Gerusa ficou encantada com ele. Gerusa tinha duas qualidades que também o encantaram: era muito carente e extremamente rica.

Não demorou muito para que os encontros se tornassem frequentes. Em um ano, Abel a pediu em casamento. Tudo corria muito bem, exceto por um detalhe: Josias Figueiras Jr., filho de Gerusa, que, na época do casamento, tinha oito anos.

O garoto era, segundo diziam, uma cópia do pai. Não apenas no físico, mas em temperamento. Abel não gostou do menino desde a primeira vez que o viu. E o sentimento era recíproco.

O ranger da porta se abrindo lentamente fez com que Abel derrubasse a mangueira de látex no chão. Olhou para a porta e viu que não a fechara. Correu e passou as trancas.

Josias disputava a atenção de Gerusa. Nas viagens em que o menino não ia, Abel tinha de aturar as ligações de hora em hora do moleque.

Quando completaram cinco anos, o casamento tinha esfriado. Na época, Abel dava aulas em um curso de especialização. Uma de suas alunas se tornou sua amante. Não teve problemas em equilibrar a vida dupla. Tudo ficou bem durante um ano.

Uma noite, quando trabalhava até tarde em seu escritório de casa, achou a sua gaveta da escrivaninha repleta de garrotes com vários nós. E um desenho infantil feito a giz de cera: um casal em um carro azul em um prédio. A mulher tinha cabelos vermelhos. No rodapé da página estava escrito "Traidor".

O carro de Abel era azul. Sua amante, ruiva. Não imaginava como o garoto tinha descoberto. Passou a noite toda pensando no que fazer. Era só questão de tempo para que ele contasse tudo. Quando amanhã chegou, sabia o que fazer.

Um barulho no quarto fez com que os cabelos da nuca se arrepiassem. Parou na entrada do corredor, olhando para a porta entreaberta do quarto. Lá dentro, a escuridão imperava. Então notou que o cheiro de matéria em decomposição empesteava o apartamento. Algo se movimentou no quarto. Foi até seu escritório. Entrou apressado, abriu o cofre e pegou a arma que guardava lá dentro, uma Beretta. Colocou o pente de balas, limpou o suor da palma da mão na calça e foi em direção ao quarto.

Josias tinha o hábito de nadar de madrugada na grande piscina da casa onde moravam. Nem a mãe nem os empregados estranhavam o barulho na piscina. Da mesma forma que não estranhavam nenhum de seus caprichos. Maldito fedelho cheio de vontades. Abel esperou que Gerusa tomasse seus comprimidos para dormir e colocou seu plano em prática. Levou os trinta frascos de insulina de ação rápida, conseguidos com um colega que lhe devia, para o quarto do garoto. Josias dormia profundamente. Posicionou-se de forma a ficar sobre o corpo, impedindo-o de se levantar caso acordasse bruscamente. Com a seringa já cheia, aplicou um anestésico tópico à base de lidocaína no local que receberia a picada, a parte interna da coxa. Quando levou o garoto para a piscina ainda sentia sua respiração pesada. Não teve dificuldades em colocá-lo na água. Também não teve dificuldades em dormir naquela noite.

Parado na frente do quarto, colocou uma bala na agulha.

Ele e Gerusa acordaram com os gritos na manhã seguinte. Depois, tudo aconteceu rápido. As perguntas da polícia, a autópsia que não revelou nada, o enterro e a depressão de Gerusa. Por fim, seu suicídio com as mesmas pílulas de dormir que usava no dia em que seu filho morreu.

Abriu a porta do quarto com o pé, acendendo a luz com a mão que não segurava a arma. O quarto estava vazio. Mas algo se movia dentro do armário. Pensou ser um rato de bom tamanho. Abriu a porta de supetão, para espantar o bicho, e recuou horrorizado.

Lá dentro, por cima de suas roupas, uma coisa deixava o rastro semelhante ao muco de uma lesma. Um feto recém-retirado do útero. E se movia como se estivesse vivo.

Recuou com a arma, que estava pendurada frouxamente na mão. Segurou um grito de horror ao ver aquilo sair do armário e cair desajeitadamente no chão.

Mais e mais fetos saíam do armário, rastejando em sua direção. Tinham tamanhos variados, evidenciando o estágio em que a gravidez havia sido interrompida.

Reprimindo a vontade de vomitar, correu em direção à porta. Seu pé esmagou alguma coisa, mas ele não olhou. Mais fetos barravam sua fuga para a sala. Parou bruscamente e a todo custo conseguiu evitar uma queda sobre eles.

Voltou ao escritório, fechando a porta. Começou a sentir impactos na porta. Pareciam ondas — primeiro fracas, depois mais fortes. Elas iam aumentando e aumentando de intensidade. Os desgraçados estavam se acumulando ali. Só então se lembrou da arma. Mas não tinha balas suficientes.

Então percebeu que não estava sozinho. Havia mais alguém ali. Um garoto magro, totalmente nu e com a pele arroxeada, o encarava.

Abel sentiu que a visão ficou embaçada quando as lágrimas brotaram.

— Eles vieram. Eu vim — disse Josias. O garoto apontou para a porta. Um sorriso maligno de dentes infantis perfeitos surgiu em seu rosto. — O senhor é nosso pai. Nos deu ao escuro.

Suas pernas, abaladas pelo medo, não mais o suportavam. Deslizou até o chão escorado na porta. O peso dos fetos do outro lado abriu uma fresta na porta. Os fetos começaram a invadir o escritório como uma avalanche abjeta. Sentiu o cheiro de podre que sentira na escada e em sua casa. Eles queriam tocá-lo. Três subiram por sua coxa. Ele sentiu o contato frio e pulsante de seus corpos.

Abel colocou o cano da arma na boca e puxou o gatilho. O mundo se transformou em uma explosão amarela, vermelha e laranja.

Dois policiais guardavam a porta. Lá dentro, três homens com jalecos brancos conversavam em um canto.

Um homem de terno amarrotado e sem gravata cumprimentou os policiais com a cabeça e entrou.

— Delegado Paris — disse um homem que acabara de sair do quarto.

— Bom dia, Nilo. Só me diz o que aconteceu, pra eu voltar pra DP.

Nilo chegou a puxar um bloco de notas do bolso, mas lembrou-se de que Paris preferia o resumo da ópera. Provavelmente nem leria seu relatório.

— Parece suicídio, senhor. Deodato Abel, 58 anos, geriatra, viúvo, morava sozinho aqui desde dezembro passado. Porta fechada, sem visitas na noite passada, com exceção do faxineiro que veio checar uma queixa. Foi inclusive o faxineiro, o senhor... — Pegou o bloco de notas e viu o delegado soltar o ar pelo nariz em sinal de impaciência. — Ciro, quem ouviu o tiro. Tentou abrir a porta, chamou pelo inquilino... Até mesmo ligaram pelo interfone, mas... Acabaram chamando a polícia. O corpo está no escritório.

O delegado agachou-se, sentindo os joelhos estalarem, e levantou a lona que cobria o corpo.

— Posição estranha pra se matar, não?

— Parece que ele estava agachado perto da porta. Não é muito comum... Mas notamos várias garrafas vazias no balcão da cozinha e uma no aparador da sala. Talvez estivesse bêbado... Não acredito que o tiro tenha sido acidental... Já levaram a arma. A bala parece ter saído por aqui. — Apontou a nuca do homem com a caneta. — Provavelmente colocou a arma na boca e...

— Última refeição. — O delegado Paris ficou olhando o corpo por algum tempo e soltou a lona. — Tinha netos? Recebia crianças?

— Não sei, senhor, mas estão conversando com os funcionários do prédio. Também não entendemos de onde aquilo saiu. Não acho muito provável que ele tenha feito, mesmo bêbado. De qualquer forma, quem fez deveria procurar um psicólogo. É só minha opinião.

Na parede em frente ao cadáver havia um desenho infantil em giz de cera. Mostrava um homem com braços erguidos e cercado pelo que pareciam ser chamas. Perto dele havia o desenho de um homem, um pouco menor, com um sorriso cruel.

MARCOS DEBRITO Acompanhado desde cedo pelos sussurros daqueles que se alimentam do medo, escolheu a arte no lugar da loucura. Para silenciar as vozes que o assombram durante a noite, tornou-se porta-voz das criaturas que habitam nos cantos escuros do seu quarto. No cinema, roteirizou e co-dirigiu o slasher *Condado Macabro* (2015). Na literatura, escreveu *À Sombra da Lua* (2013), *O Escravo de Capela* (2017), *A Casa dos Pesadelos* (2018) e *Apocalipse Segundo Fausto* (2020). É hoje um dos principais autores do gênero no país.

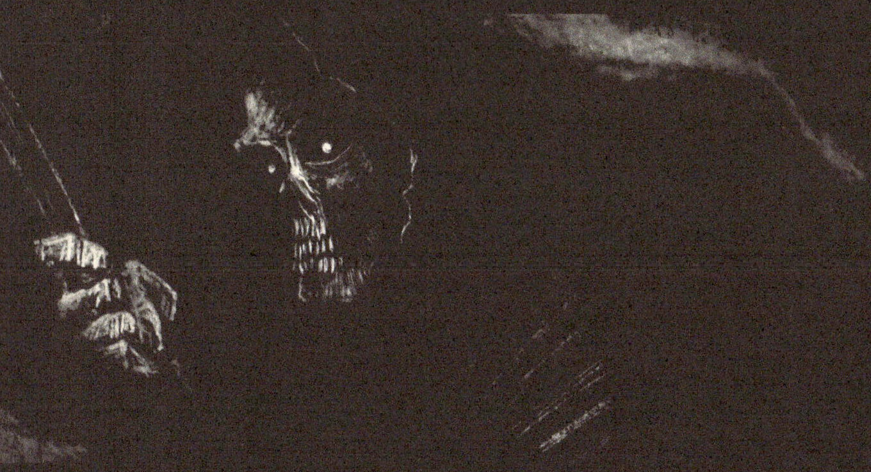

SOTURNO

Marcos DeBrito

Em certa noite de setembro, agonizante eu relembro
de uma vida em sofrimento que insistia em me enturvar.
Caía em prantos, confesso, quando notava o retrocesso
do meu corpo no regresso ao divino pó celestial.
Será que a dádiva do Umbral seria o círculo infernal
onde minha alma espectral em desespero irá vagar?

Isolado em meu abrigo, da alegria fui banido.
Era fraco meu bramido após a morte de Edgar.
Ele cresceu em meio à tosse e se foi, então, precoce.
Foi, por fim, tuberculose que me tomou a benção paternal.
E, no triste funeral do meu menino angelical,
enterrei com pá de cal qualquer razão de me alegrar.

A solidão corrói meu peito. E, na insônia do meu leito,
penso sempre quando deito que irei te reencontrar.
Cogitei o suicídio, mas há anos o adio.
Será hoje, enfim, tardio, que amolo o meu punhal?
Basta um corte vertical na artéria radial
para, então, o fim cabal deste sofrido amargurar.

Vendo assim, parece lindo: "*Calma, filho, já estou indo!*"
Em meu delírio, vejo-o rindo e correndo a me abraçar.
Mas, afogado em covardia, deixo a morte pra outro dia
e me entrego à apatia do meu luto pessoal.
Para afastar-me deste mal, pego um livro ancestral
e, num prazer habitual, vou à lareira relaxar.

Sem notar sequer a hora, sento só ao breu agora
e leio um texto que, outrora, me faria arrepiar.
É sobre um corvo tenebroso que atormenta um idoso
de passado desditoso, do qual meu luto vejo igual.
Como pode a ave do mal — "*Nunca mais*", dizia a tal —
num alvo busto sobre o umbral, provocar tanto?

Aproxima a hora maldita e a noite, então, se agita.
Coração não se aflija neste algoz relampejar!
Como fugir do denso medo se a sombra do arvoredo
toma a sala de tal jeito como um monstro sepulcral?
Meu semblante, no geral, se apavora a certo grau
que, assustado sem igual, me forço a repousar.

Em um cochilo desgostoso, me transporto a um estranho sonho
onde espectros medonhos me carregam ao seu lar.
Me desprendem do meu corpo e dilaceram o meu couro
num pesadelo tenebroso onde a dor sinto real.
Os espíritos do mal me tratam como o qual
os impôs a uma infernal morte devagar.

Não há ninguém que me socorra. E meu grito que ecoa,
junto à lágrima que escoa, me levou a despertar.
Eis que ouço, aturdido, em minha porta o ruído
como se houvesse, então, batido um visitante em meu umbral.
Longe da hora matinal, não me soa tão normal.
Deve ser um marginal, então resolvo ignorar.

Mas o pulso firme em riste não se cansa e ainda insiste
a tornar minha noite triste com seu incômodo açoitar.
"*Vá embora!*", eu bradaria, pois não quero companhia.
Mas a curiosidade que crescia fez-me alcançar um castiçal.
Meu peito arfava sem igual ao aproximar-me do portal,
por receio que o tal fosse um bandido a me chagar.

Que surpresa me abraçara! Por demais eu a esperara.
"*Vieste tarde, minha cara*" — nesta noite sem luar.
Era a Morte sob a ombreira, imponente à sua maneira,
estacada em minha soleira com sua chegada triunfal.
Fosse ela meu chacal, não me deu qualquer sinal.
Nem cruzou o meu umbral até, solenemente, eu a convidar.

*"Por favor, saia da chuva. Está uma noite fria e turva.
Me retire da clausura. Não irás incomodar."*
Em rebate à minha prosa, seu silêncio foi a resposta.
Persisti com nova trova de maneira cordial:
*"Tire os pés do lamaçal e adentre meu portal.
Este encontro é especial e o quero apreciar."*

Encobrindo o crânio calvo, a Morte adentra em passos cautos,
mira a poltrona como alvo e vai a ela se sentar.
Era grotesca sua forma, com a ossada toda exposta,
e lhe pesava sobre as costas um estranho saco colossal.
Um artefato especial, um tanto desproporcional,
curvando-lhe a dorsal como um martírio a se purgar.

Sentei-me à sua frente, estampando um ar carente.
Não me abandonava a mente o que estaria a carregar.
Sua bolsa majestosa, a qual deitou tão cuidadosa,
no meu chão ficou vistosa, sobre o tapete de sisal.
O que teria lá, afinal? Estava longe do Natal.
Não me parecia natural que fosse algo a me brindar.

Quem sabe me revele, antes que ao Paraíso ela me leve,
para ver, de novo, em breve, meu finado Edgar.
Encarei, em meio à sombra, o objeto sobre a alfombra,
sem negar que me assombra seu tamanho anormal.
Era, de fato, surreal que eu estivesse frente a tal
ente sobrenatural sem nada mais a questionar.

"*Se me permites a ousadia*" — assuntei com simpatia —
"*Não se trata de heresia o que vou lhe perguntar.*"
"*Estou um tanto curioso*" — a quem minto? Ansioso! —
"*Se no saco monstruoso trazes algo especial.*"
Seu silêncio foi fatal. Uma afronta pessoal.
A soberba do imortal me fez o desprezar.

"*Se só queres minha alma dou-lhe agora, então, a palma.
Que me leves, vou em calma a minha criança reencontrar.*"
A Morte me enlouquece a manter-se sempre inerte.
Não bastasse minha prece pela pena capital.
"*Criatura carniçal!*" — sem pudor lhe disse mal —
"*Volte ao antro infernal se não vieste me levar!*"

Calada em desavença, permaneceu em minha presença.
Não respeitou minha sentença e continuou a me encarar.
Porém nada ela dizia. Muito menos respondia.
O meu peito, assim, ardia por sua frieza glacial.
Qualquer frase eventual — aos meus ouvidos, um sinal—,
mesmo superficial, já iria me agradar.

"Pare de maldade! De me tratar com iniquidade!
Será crime esta saudade do meu finado Edgar?
Pois foi culpa de Caronte, que em seu barco tomou fronte,
e levou para bem longe o meu rebento paternal.
Aquele menino doce o qual, de candura sem igual,
em uma nuvem celestial entre os anjos deve estar."

Atingi o meu intento! Finalmente um movimento.
Era firme, porém lento, pra sua bolsa alcançar.
Ao revelar o que trazia, do grande saco reluzia
uma intensa luz que refletia o ardente fogo infernal.
Do Tártaro abissal, homens sofriam em meio ao caos.
Eles gritavam ao Anjo Mau pra suas almas lhes poupar.

Entristecido, vi um rosto. Era o semblante de um garoto.
No seu peito gangrenoso tinha um tridente a lhe fincar.
Há anos torturado, com os olhos perfurados,
nos seus membros amputados sua dor era brutal.
Quando a face vi frontal me agrediu o pesar brumal.
Reconheci quem era o tal: "*Meu amado Edgar!*"

Seu nome gritei forte, mas no abismo estava torpe.
"*Eu suplico, ó nobre Morte, que o faças me escutar.*"
De repente, como um insulto, estava ao lado do seu vulto
meu cadáver insepulto a queimar de forma igual.
Meu destino era fatal: o de sofrer até o final
sob flagelo medieval enquanto minha alma perdurar.

Algo obscuro não entendo: como acabei, então, morrendo
se com a Morte não estou vendo seu instrumento de ceifar?
Me surpreende tal façanha, pois não trouxe sua gadanha.
Há de haver alguma manha pro seu truque desleal.
Ao questionar seu ritual vi o corte vertical
que retalhei com o punhal em meu pulso a sangrar.

Enfim, tive a bravura de encontrar a minha cura
para a triste amargura da solidão a me assolar.
Mesmo preso no Inferno, no calor do fogo eterno,
posso dar o amor paterno a quem me é essencial.
Sobrevive ante ao mal, de modo intenso e passional,
o afeto puro e mais real que um coração pode portar.

ALEXANDRE CALLARI, escritor, tradutor, editor e sócio-fundador da editora e canal de Youtube Pipoca & Nanquim. Entre diversas obras, é autor de *A Floresta das Árvores Retorcidas* e da trilogia *Apocalipse Zumbi,* além do livro *Evolução é uma Opção,* em que expõe uma filosofia de vida pessoal. Traduziu mais de 30 livros de temas diversos e centenas de histórias em quadrinhos para as maiores editoras do mercado. Foi coautor do roteiro do filme *Mata Negra,* do diretor Rodrigo Aragão, e já atuou na área de políticas públicas, na cidade de Araraquara, e como instrutor de defesa pessoal. Atualmente trabalha em sua primeira graphic novel, *Arena*, a ser lançada em 2021.

MALDITOS PALHAÇOS

Alexandre Callari

— E vocês acabaram de escutar *Careless Whispers* ao vivo, na voz do saudoso George Michael. Você gosta de canções românticas, Steve?

— Pô, e não é que gosto? Muita gente acha que, por causa das coisas que escrevo, só escuto death metal, mas, na verdade, sou bem eclético.

— E quando está escrevendo, você tem alguma trilha sonora favorita?

— Não. Depende muito do momento. Se for uma cena de tensão, claro que não vou escutar música romântica, mas, da mesma maneira, não ponho um AC/DC pra rolar se estiver fazendo uma sequência de amor. Mas, se tem uma coisa que nunca dispenso, qualquer que seja a ocasião, é o meu copo de uísque.

— Hahaha! Se você chegou agora, querido ouvinte, eu sou Ana Pérez e tenho o enorme prazer de receber esta noite no Noites Insones, o maior escritor de terror do país, Steve Kino.

— O prazer é todo meu, Ana. E obrigado pelo "maior escritor de terror do país". Não mereço.

— Modéstia. Uma qualidade invejável... É verdade, gente. Tô olhando na cara dele e garanto que ele não tá sendo dissimulado.

— Bondade sua.

— Olha só, tem uma coisa que quero te perguntar.

— Manda bala.

— O seu livro mais recente, *Medo*, gerou, sem querer, uma polêmica. Se importa de comentar a questão?

— Absolutamente. Pra quem não conhece o livro, a história é centrada numa criatura capaz de se manifestar na forma do seu maior medo. E ela aparece na maior parte do tempo como um sinistro palhaço assassino, porque esse é o maior medo do nosso protagonista, o jovem João Silva, de apenas 14 anos de idade. Ao longo do livro, o medo dele contamina seus outros amigos, que também acabam enxergando o palhaço em suas manifestações pessoais. Se me permite um adendo, Ana, é o trabalho que mais me deixou satisfeito até hoje.

— É um livro brilhante. São quase 800 páginas que nem vi passar. Mas, continuando...

— Sim, temos de falar da polêmica. Afinal, você precisa manter os índices...

— Maldade sua. Não é nada disso...

— Eu sei, Ana. Só tô te enchendo. Bom, como parte da estratégia de lançamento do filme, que deve estrear daqui a três meses, a editora contratou alguns atores para que se vestissem de palhaços, com umas maquiagens bem sinistras, e aparecessem em eventos. Começou no Dia das Bruxas passado e foi um sucesso. Mas aí aconteceu esse fenômeno bizarro que não dava pra prever. Um monte de gente decidiu que era uma boa ideia se vestir dessa maneira e sair pelas ruas, assustando as outras pessoas. Nunca pensei que algo assim pudesse tomar tamanhas proporções.

— É realmente impressionante.

— Soube de um caso em que um sujeito foi preso numa área residencial, num sábado, às cinco da tarde, próximo a uma praça onde as mães levam os filhos pra brincar. É uma área arborizada, com um parquinho e tudo. Um monte de crianças de várias idades se reúne ali, e o que o cara me faz? Pois é, tem essa ideia magnânima. Pior, acredita que o desgraçado tava com uma faca no bolso? Uma de verdade?

— Bom, eu diria que nesse caso a brincadeira é mais séria. O sujeito mereceu ser preso.

— Claro. Nem me atreveria a chamar de brincadeira, embora tenha entendido o que você quis dizer, Ana. Ele afirmou que a faca não era pra ser usada, que era só parte do figurino do seu personagem, mas, pelo amor de Deus, né? Esse sujeito é claramente um maluco.

— Será que é um maluco ou só um cara que não mediu a gravidade das suas ações? Talvez, na cabeça dele, estivesse só fazendo uma daquelas "pegadinhas". Se pararmos pra pensar, todas elas são sempre de extremo mau gosto.

— Mas tem de haver discernimento, né, Ana? Se uma brincadeira puder ser justificativa pra cometer crimes, onde a gente vai parar? Tem um monte de idiotas por aí fazendo coisas parecidas, que não percebem que as consequências de seus atos podem ser graves. Ou não se importam.

— Sim. Soube de dois desses palhaços que foram baleados ontem mesmo, na periferia.

— Li sobre isso também. Os imbecis estavam próximos a uma comunidade, umas dez da noite. Queriam assustar as pessoas que saem da escola no horário noturno, mas acabaram recebendo um monte de tiros de, sei lá, traficantes ou algo assim.

— A coisa foi séria, Steve. Um deles tomou uma bala de raspão no braço, mas o outro foi baleado no estômago e está em estado grave. Como você se sente em relação a isso tudo?

— Olha, Ana, sendo bem sincero, entendo que meu livro seja o catalisador. Mas não me vejo de forma alguma como responsável. Essas pessoas batem fora do bumbo, essa é a verdade. E, o que vou falar agora, vai ser um depoimento e um apelo direto para meu público e para a sua audiência: gente, vamos parar com isso! Não tem graça nenhuma sair por aí assustando as pessoas no meio da noite. Não é bacana traumatizar crianças. Não é divertido tomar essas liberdades com os outros. E é perigoso! Ficou claro? Se você está fazendo isso ou planeja fazer, pare agora, antes que se dê mal que nem um desses babacas.

Quando Steve chegou em casa, já havia passado da uma da manhã. O programa era transmitido ao vivo e a rádio não ficava nem um pouco próxima da sua casa. Sua agente, a linda e perversa Débora Duarte, tinha marcado aquela entrevista havia quase dois meses e, desde então, ele vinha se corroendo. Não queria fazê-la. Não gostava do programa de Ana, da forma como ela o apresentava, das piadinhas infames que vez por outra ela disparava e das músicas que tocava. *Se bem que o George Michael foi uma boa escolha*, seu lado retrô lhe disse. Mas Débora tinha insistido que ele participasse.

Segundo ela, o programa tinha uma boa audiência e Ana era uma importante formadora de opinião. "Vá lá e faça bonito", Débora disse, antes de engolir seu caralho.

Steve vinha comendo Débora havia uns dez meses, desde antes de o livro sair. E por que não? Sua esposa estava a cada dia mais distante. Agora mesmo ela estava em algum lugar de Minas Gerais, ajudando alguma bosta de ONG.

Droga, pensei isso mesmo? Que tipo de pessoa eu tô me tornando?

Sem resposta para a súbita crise de consciência, ele se serviu de mais uma dose de uísque. Forçou-se a pensar na esposa de forma positiva, mas a única imagem que lhe vinha à mente era a do couro cabeludo de Débora movendo-se para frente e para trás. De repente, percebeu que a bronca que pretendia dar nela por causa de sua participação no programa não seria assim tão rígida.

Olhou para o celular. Onde estaria sua esposa? Com quem? A possibilidade de ela o estar traindo cruzou-lhe à mente. Steve, com sua imaginação de escritor, enxergou todos os detalhes, como se estivesse assistindo a um filme: a esposa de quatro, nua na cama, sendo enrabada por trás por um homem com um pênis muito maior do que o seu. Ela gemia e se contorcia de uma forma que ele não via desde a época em que os dois eram noivos, uma centena de anos atrás. Como foi que aquela relação havia se tornado tão frígida? Pior ainda era a percepção de que, se aquela cena fosse de fato verdade, não fazia diferença. Steve não se importava. Se sua esposa estivesse sendo enrabada por trás naquele exato momento na sua frente, na própria cama do casal, ele não teria sentido nada. Isso dizia algo sobre ele ou sobre a relação malfadada?

Sentou-se diante do computador.

— Foda-se essa merda. Vou escrever alguma coisa.

A tela se transformara no monte Everest. Invencível. Inconquistável. Insondável. Inexpugnável. Uma gama de adjetivos começados com "in".

Steve olhou para a garrafa de uísque. Estava agora pela metade. O álcool vinha vencendo de lavada sua capacidade de escrever, já que a primeira página continuava pela metade. Sabia que, se continuasse insistindo, seria uma longa noite. O melhor era dar um tempo.

Ele praguejou e foi tomar um copo de água.

Andou até a cozinha com as luzes apagadas. A madrugada tinha avançado e a lua já havia desaparecido, deixando a noite escura como breu. Lá fora, relâmpagos prenunciavam uma tempestade.

Enquanto hidratava o corpo, sozinho naquela cozinha lúgubre, demarcada por sombras de várias tonalidades e formatos, tornou a ver a imagem da esposa. Os detalhes da visão o assustaram: as estrias nos seios, as três dobras que a barriga dela formava, as coxas pálidas e grossas com veias roxas e finas desenhando a pele como mapas, os cabelos curtos e tingidos grudados na testa suada. Seus gemidos soaram nos ouvidos de Steve como sinetas que anunciam o fim de uma aula na escola... altos e estridentes. Mas a visão continuava não sendo acompanhada por emoção alguma. Steve percebeu que sua mente objetiva queria sentir alguma coisa, uma pontinha de ciúme pelos delírios imaginários, mas não aconteceu. Admitiu naquela cozinha escura o que sabia havia tempos no íntimo: o casamento estava acabado.

Súbito, um ruído desviou fortuitamente a atenção de Steve dos seus pensamentos, algo como um farfalhar na grama, talvez um arrastar de pés. Do lado esquerdo, a cozinha tinha um grande janelão que dava para o quintal, cujos vidros eram ondulados e ligeiramente opacos, o que deformava um pouco a vista para o outro lado. Na escuridão, Steve forçou os olhos ao ter a nítida sensação de enxergar um contorno. A chuva começou a cair, as gotículas escorrendo pelo vidro.

Ele deu um passo à frente: sua razão lutando contra as evidências concretas que seus olhos apresentavam diante de si. Então, um relâmpago... e o contorno foi iluminado, em todos os seus detalhes e cores. Steve teve um sobressalto e recuou de uma vez, quase caindo para trás.

Ele estava de pé, à sua frente, parado no meio do quintal de sua casa.

Como havia entrado? Como havia saltado o muro e driblado as mandíbulas de seu cão de guarda, o pastor alemão chamado Aquiles? O animal podia não ser propriamente feroz, mas era muito protetor para com o lar. Não obstante, Aquiles não tinha se manifestado e o invasor estava ali, estático, apreciando a situação, encarando-o do lado de lá do vidro. Separados por aquela fina tela vítrea e opaca, era como se ambos estivessem em dimensões diferentes, ainda que ao alcance um do outro.

O quintal voltara a ser engolido pela pretidão, mas, de alguma maneira, Steve continuava vendo em detalhes o invasor. Os olhos amarelos, como se ele estivesse usando lentes de contato; o rosto branco como giz, com detalhes pretos sob os olhos e azuis nas bochechas; o nariz vermelho — não uma bolinha de plástico colada, mas apenas uma pintura tênue, quase rosada. Suas vestes eram espalhafatosas: calças largas e amarelas, presas por suspensórios vermelhos, sapatos enormes que pareciam baguetes de pão, mangas com franjas exageradas, conectadas a uma camisa cujo tecido era uma colcha de retalhos de cores vivas. Coroando a cabeça, uma peruca que deixava o centro careca e as laterais com grossos fios de cabelo rosados e amarelados, arrepiados quase dez centímetros para as laterais.

Durante alguns momentos, Steve e o palhaço ficaram congelados como duas estátuas, apenas trocando olhares. O vento uivava, os trovões ribombavam em intervalos regulares e a chuva caía impenitente. Enfim, o dono da casa se recompôs e adiantou-se até a janela.

— Cara, não sei quem você é, mas acho melhor dar o fora agora. Vou chamar a polícia!

As palavras foram ditas com convicção o bastante para assustar qualquer fã ou detrator engraçadinho do seu trabalho. Contudo, o palhaço não se moveu.

— Eu tô falando sério. Duvida?

Steve não sabia dizer se era a maquiagem ou se realmente havia uma expressão de deboche no rosto do invasor. A sensação que tinha era a de que uma aura perniciosa escapava dele, viajando como uma bruma invisível por aquela curta distância, passando pelos vãos apertados do janelão e chegando até seu próprio corpo, contaminando-o. Não podia ser verdade, claro; era só sua imaginação fértil extrapolando a partir de uma situação extraordinária. Mesmo assim, sentiu a pele se arrepiar.

Os olhos do palhaço continuavam imóveis, sem piscar, mesmo ante o aguaceiro que caía. O som dos milhares de pingos provavelmente cobriria sua voz, mas, mesmo assim, Steve gritou:

— Tá bom, cara. Já chega dessa merda. Eu vou chamar a polícia.

Ele virou-se e apanhou o telefone sem fio que havia na cozinha, preso à parede, disposto a mostrar ao invasor que falava sério. Exceto que, ao voltar-se para o janelão novamente, prestes a gritar outra bravata, não havia mais ninguém no quintal.

— Mas... que porra é essa?

Seus dedos sabiam o que fazer, assim como seu coração. *Telefone! Telefone mesmo assim*, eles diziam. Não se importavam de passar carão. Já sua mente... era outra história. Ela conseguia ver as matérias nos blogs: "Escritor maluco cai vítima da própria armadilha". Ou algo ainda mais ultrajante, como "Escritor frustrado tem medo dos palhaços que cria". Steve não podia se coadunar com algo assim, de forma alguma.

O telefone voltou para o descanso na parede.

Seu instinto, temperado por centenas de horas de filmes de terror, milhares de páginas de leituras macabras e incontáveis horas vislumbrando cenas inquietantes nos labirintos da própria mente, recusou-se a crer que ele estivesse seguro, e o fez apanhar uma faca que descansava num belo faqueiro sobre a bancada. Afiada, cabo de madeira, um palmo de comprimento. Uma lâmina daquelas metida no estômago bastaria para parar qualquer um. Mas...será que, na hora H, ele conseguiria fazer o necessário? Aquele pacato escritor, capaz de descrever cenas sanguinárias em detalhes perturbadores, conseguiria executar os indizíveis atos que esmiuçava nas suas narrativas exageradas? Steve não soube responder, limitando-se a engolir em seco. Não havia sinal do palhaço em lugar algum. Andou de um lado para outro na cozinha, tentando ampliar o ângulo de visão do lado de fora, mas nada viu.

Será que ele deveria sair?

Não, é óbvio que não. Se estivesse assistindo a um filme e o protagonista saísse, Steve praguejaria imediatamente contra o diretor. Ninguém sairia numa situação daquelas. Exceto que, agora, era a vida real... e, por algum motivo que não sabia explicar, a proposição de abrir a porta da cozinha e ver de perto o que estava acontecendo lá fora era, de fato, palpável. Mesmo sabendo do risco. Mesmo sabendo que era errado. Seria porque, em determinado nível, ele achava que nada de ruim poderia acontecer? Que a vida real diferia sobremaneira dos filmes?

Claro que diferia... A vida nos filmes, por mais suja que fosse, era ainda assim embelezada. A vida real era apenas... sórdida.

— Não! Não saia! — ele convenceu a si próprio, resmungando em voz alta como um louco num asilo que fala sozinho. — Fique aqui dentro, onde é seguro.

Segurança... será que isso existia? Ele pensou na esposa de quatro. Enrabada por alguém muito melhor do que ele jamais seria. De algum modo, o pensamento o incomodou dessa vez. Tentou apagar a imagem e substituir pela dúvida. *Onde está Aquiles?* Protetor, companheiro, amigo fiel... nem mesmo um latido de alerta?

Então, lhe ocorreu o pior... será que Aquiles estava morto? Degolado por um palhaço homicida? Era por isso que não latia? O telefone voltou a parecer uma boa alternativa. Orgulho era um substituto péssimo para a lógica. De que valeria um orgulhoso morto?

A chuva tinha se transformado numa tempestade agora. Os pingos açoitavam o telhado com ímpeto brutal, mascarando qualquer outro barulho. O impulso de sair e de investigar fora mitigado, ao menos por ora.

Steve pressionou o interruptor na parede, disposto a modificar o cenário, e ficou surpreso ao ver que não funcionava. A cozinha continuava imersa na mais profunda escuridão. Suor corria pelas têmporas. A lâmina tremia em suas mãos. Quando chegasse a hora, como a usaria? Uma estocada profunda? Um corte às cegas? Um movimento de baixo para cima, buscando eviscerar o oponente? Com o olho da mente, viu um golpe real sendo aplicado e sangue real escorrendo e gritos reais ferindo os ouvidos. De repente, não sabia se conseguiria atacar... mesmo com a própria vida em risco.

Se aquela fosse uma de suas histórias, o narrador diria que qualquer homem pode se tornar uma fera, se devidamente ameaçado. Sendo o protagonista do próprio draminha particular, Steve teve suas dúvidas.

Lá fora, outro raio iluminou o recinto. O escritor estremeceu, pois ali estava o palhaço mais uma vez diante de si... exceto que, agora, ele não estava fora, mas dentro. Como? Como havia entrado? Por onde?

Ele estava entre Steve e a única porta para sair da cozinha. Suas vestes encharcadas pingavam sobre o chão nu e, quando deu um passo, os sapatos largos emitiram um som que parecia couro molhado, deixando para trás um rastro de terra escura. Os braços estavam caídos ao lado do corpo; na mão direita, uma faca idêntica à que Steve segurava. Mesma lâmina, mesmo cabo, mesmo corte...

Um balcão de pedra e uma mesa redonda separavam o escritor do invasor. Eles e a ponta de uma faca. Steve deu um grito e disse algo incoerente. Em seu íntimo, gostaria de ter sido mais heroico, mas o máximo que conseguiu foi impedir que sua bexiga frouxa o constrangesse ainda mais.

A poucos metros de distância, em meio às trevas, como se fosse um só com elas, o palhaço sorriu. Os dentes eram podres, algo que nem mesmo a penumbra conseguia ocultar. Um cheiro rançoso o precedia, como o de milhares de vermes reunidos num só buraco, devorando o mesmo cadáver putrefato. Steve ergueu a faca e gritou:

— É sério, cara! Sai daqui agora. Eu já chamei a polícia e juro que meto essa faca na tua barriga. A brincadeira já foi longe demais...

Foi então que um sino tocou no fundo da alma de Steve. Aquele não era um palhaço... ao menos não um palhaço qualquer. Aquele era *o* palhaço. *Seu* palhaço. O palhaço que era o protagonista de *Medo*; um protagonista que não fora uma criação, mas uma transposição.

Steve tem oito anos. O circo está na cidade. Malabaristas e cartomantes. Trapezistas e chimpanzés. Uma mulher barbada e um anão. E, claro, palhaços. Não dois ou três, mas seis deles. Seis rostos pálidos. Seis maquiagens que causam espanto quando deveriam alegrar. E ele é o pior. O palhaço Amêndoa. O porquê do nome, Steve nunca soube.

Como aquilo aconteceu? Como, naquela excursão escolar, com uma professora e dois monitores, Steve acabou sozinho no camarim do Amêndoa? Como? Era algo impensável, uma proposição que não fazia sentido. Mesmo assim, que fora real.

Ele não tinha sido violado, não no sentido clássico do termo. Mas, quando os dois estavam a sós naquela sala bolorenta, cheia de espelhos e cabides, o Amêndoa perguntou: "Quer ver se meu pinto também é branco, moleque?". Perguntou e riu a risada mais maquiavélica que aquele garoto de oito anos já tinha escutado. Steve correu. Não viu as mãos brancas indo até a braguilha da calça, apenas correu.

Nunca contou a ninguém o caso. Nem aos pais, nem aos professores, nem aos amigos, nem às futuras amantes. Não era preciso contar... mas sua psique sabia. Negava, mas sempre soube. E, quando chegou a hora de escrever *Medo*, quem estava lá, à sua revelia? Ele. Amêndoa. Com olhos flamejantes, trejeitos nervosos, voz rouca e postura intimidadora.

Um a um, o palhaço de *Medo* matou todos os garotos protagonistas, cada qual um aspecto do próprio Steve. Um a um eles pereceram... até sobrar apenas um.

O palhaço andou em sua direção.

Não lentamente, mas de forma frenética e estabanada, parando a apenas um metro de distância.

Steve sentiu o tutano de seus ossos virar água. Os músculos perderam a força e a faca caiu no chão. O sorriso podre era um convite para o desastre. De volta a ser um garotinho, o escritor começou a chorar. O coração parecia uma caixa de fanfarra. O palhaço deu mais um passo. Outro relâmpago cortou o céu de alcatrão. *Por favor, não diga... não diga...*

O palhaço estava a apenas cinquenta centímetros agora. O cheiro era insuportável. Era possível ver cada detalhe do rosto, até mesmo os borrões na maquiagem. Por trás da palidez, os olhos ardiam como duas brasas. *Por favor, não diga...*

O invasor abriu a boca... e falou:

— Quer ver se meu pinto também é branco... moleque?

— E vocês acabaram de escutar o clássico de Elvis Presley, *Burning Love*. Eu sou Ana Pérez e você está ouvindo o *Noites Insones*. E, infelizmente, tenho de dar uma triste notícia. Esta manhã, o escritor Steve Kino foi encontrado morto em sua casa. É uma sensação surreal porque ontem, neste mesmo horário, Steve estava aqui conversando conosco. Fãs de todo o país estão desconsolados e nossos melhores votos vão para eles e para a família de Steve. A polícia ainda não tem pistas sobre o que aconteceu, nem divulgou muitos detalhes. Só se sabe que Steve foi encontrado em sua cozinha esta manhã pela diarista. Um fato novo divulgado é que ele estava pintado como o vilão de seu livro de maior sucesso, o palhaço de *Medo*. O mundo do terror sofreu uma perda irreparável, mas as investigações continuam e as autoridades estão confiantes de que chegarão ao culpado. De nossa parte, gostaria de fazer uma homenagem ao grande Steve, que ascendeu que nem um cometa neste mundo. Então, fiquem agora com a bela *Send in the Clowns*, na voz inconfundível de Frank Sinatra.

ALFER MEDEIROS Nasceu em Massarelos, Portugal, em 1975, e vive hoje no Brasil. Publicou os livros *Fúria Lupina - Brasil*, *Fúria Lupina - América Central* e *Livraria Limítrofe*, roteirizou um projeto de HQ (*Peeiras HQ*) e participou de algumas antologias de literatura fantástica. Também organizou várias antologias publicadas pela editora Andross.

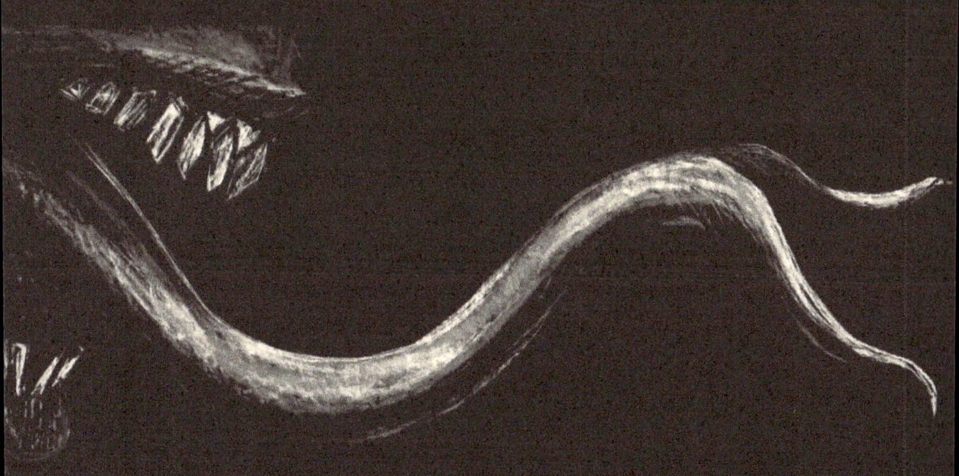

AQUELA QUE ESPREITA

Alfer Medeiros

A eletricidade estática da máscara de plástico fazia os pelos da nuca dele se atiçarem, como fiéis seguidores de um deus nefasto em adoração. Não era preciso olhar para trás para saber que a dona do objeto estava ali, opressivamente silenciosa, aguardando apenas um momento de fraqueza para envolvê-lo e torná-lo seu novamente.

A fome era o menor dos incômodos naquele momento. O amargor da boca ofendia e o suor machucava, mas decidiu apenas se deitar na cama e cobrir a cabeça com o lençol de indiferente aspereza. Melhor evitar o panorama incerto existente entre o fim da visão periférica e as paredes externas da imaginação, pois esse é o espaço onde ela se mantinha impassível, de pé sobre sua astenia, sedenta pela profundidade de sua respiração. Ele abraçou sofregamente seus pesadelos insones, certo de que seriam o melhor a se desfrutar até a chegada do entorpecimento de mais um dia de trabalho.

O tempo se arrasta morrediço para quem espera por algo para compensar o sofrimento de outra espera mais agonizante ainda. O ônibus, mantendo sua rotina dos inúteis dias úteis, estava atrasado. Sem perceber, levou o dedo indicador à boca e encaixou um pedaço saliente da unha arruinada entre um dente incisivo central e um lateral. Pressionou, torceu um pouco e fechou os dentes superiores sobre seus companheiros amarelados. O clique, mais sentido do que ouvido, precedeu o arrancar dolorido e prazeroso de um fragmento de queratina agarrado a uma faixa da carne macia que a mantinha grudada ao dedo. Cuspiu.

Uma senhora ao seu lado olhou, incomodada, para a pequena linha rubra a serpentear agilmente da ponta do dedo até a dissociação que levou parte de si ao concreto sujo. Uma. Duas vezes. A idosa muda de lugar. Ele continuava a fitar seu diminuto autoflagelo, o seco ardor das retinas a alimentar a expectativa de somente o sangue ser seu expurgo de espera. Estava errado. Do ferimento, surgiu primeiro um ponto negro, diminuto abismo a encará-lo de volta. Retorceu-se, esticou, forçou passagem até o corpo branco, úmido e mole, estar livre para deslizar espasmodicamente pelas digitais trêmulas. Da chaga aberta, outros como ele surgiram e se espalharam pelas costas e palma da mão. Mais repugnante que a visão dos vermes sobre a pele era sentir as carícias de seu passeio lento e frouxo, embebido de leveza viscosa. Balançou a mão com vigor, em vã tentativa de se livrar dos invasores indesejados, mas sabia ser inútil. Eram parte dele. Já sentia o deslizar doentio multiplicando-se pelo seu braço e seguindo para o resto do corpo. Esforçando-se ao máximo para parecer indiferente e natural, enfiou as mãos o mais fundo que pôde nos bolsos da calça e partiu em ansiosa caminhada.

Mais uma vez, chegaria ao trabalho atrasado, confuso e com manchas de sangue na roupa.

Nem sabia mais qual era o dia da semana. Instâncias de classes. Rigidez dos músculos. Sobrecarga de métodos. Palpitações. Expressões regulares. Ansiedade. Alguém ao seu lado lhe dirigiu a palavra, porém nada dessa comunicação foi assimilado. O maldito roçar felpudo dentro de sua caixa craniana o impedia de ouvir os sons ao redor, a movimentação hedionda dentro da cabeça embaralhava seu raciocínio e não permitia discernir o que era sensação, abstração ou sanidade despedaçada. Digitou centenas de linhas de código antes de se dar conta do que fazia. Os curativos dos dedos precisavam ser trocados. De novo os arrepios. De novo o roçar. Olhou para trás e novamente o inquisidor o alvejava com flechas ferventes de desprezo e sede de humilhação. Voltou-se ao martírio de compilações e debugs. A tela luminosa zombava da sua impotência através do cursor piscante em um comando indentado.

A pressão intracraniana piorou e o roçar tornou-se um rompimento. Apoiou os cotovelos sobre a mesa, pôs as palmas das mãos sobre as pálpebras agonizantemente fechadas e cerrou os dentes. Algo queria escapar e, por instinto, fechava possíveis saídas. Porém, quando o ruído de golpes de hastes pontudas amplificou-se, teve certeza de que nada poderia ser feito para evitar. A primeira pata despontou de seu ouvido, tateando o ar. A segunda e a terceira se apoiaram na sua orelha. Outras três surgiram arranhando sua bochecha. As duas últimas impeliram a aranha para fora, que, em ágil movimento, cobriu-lhe os olhos e encostou o corpo no seu nariz. Os pelos do grande aracnídeo faziam arder a pele. A picada ligeira e dolorosa ao extremo na sua testa o fez levantar com estrépito, cego de horror, sufocado pela intensidade do grito que se entalava na garganta. Tal lamento escapou empurrado pela bola negra que escalou seu esôfago e explodiu sobre a mesa de trabalho.

A massa peluda e pulsante escorreu pelo teclado e pela tela, ganhando vida e se multiplicando em milhares de pequenos pontos negros com oito patas, de movimentação frenética e ameaçadora. Sua intenção era clara: juntar-se à mãe que saltou para o chão e se preparava para impingir mais sofrimento ao seu ex-hospedeiro. Indiferente ao choque causado aos colegas de trabalho por sua postura ainda mais incomum nos últimos segundos, ele correu para as escadas. Estava no décimo quinto andar, mas não esperaria o elevador, não com aquilo no seu encalço. Seguiu em desesperada espiral descendente, incerto se o ruído ensurdecedor de patas vinha dos andares acima ou do maldito receptáculo de sua arruinada massa cinzenta. A única certeza: nunca mais o aceitariam ali.

Olhou-se no vidro espelhado da fachada do prédio e ficou impressionado com sua aparência. Apesar do terno e da gravata muito bem alinhados e dos sapatos novos, tinha um mau aspecto. Seriam as olheiras profundas? O acinzentado doentio da pele? Ou mesmo o olhar desesperado de quem peleja em uma guerra perdida? Não havia tempo para pensar nisso, precisava se concentrar na entrevista de emprego.

A sala de reunião impressionava. Uma mesa imensa de madeira maciça, vinte cadeiras de couro marrom perfeitamente posicionadas ao seu redor, paredes impecavelmente limpas e uma ampla janela para a metrópole, do ponto de vista altivo do trigésimo quarto andar. Sim, trabalharia ali com muita satisfação, talvez fosse dessa mudança de ares que precisasse. Caminhou para uma cadeira e sentou-se de frente para a porta, as costas voltadas à janela. Havia chegado dez minutos adiantado, por isso não se incomodou por esperar.

Esforçava-se ao máximo para manter a mente calma, pois esta era uma chance única. Concentrou-se na parede à sua esquerda, em um quadro de cores discretas com imagens geométricas sobrepostas. A distração apaziguadora durou pouco tempo, pois uma movimentação vinda do outro lado desviou seu foco. Ligeira e com trajetória irregular, a barata traçava um deslocamento ilógico em direção ao quadro. Suas antenas se mexiam como se o inseto o desafiasse. Seu corpo, de um marrom brilhante, parecia pulsar lentamente. Ele fica impressionado como é possível haver uma criatura tão abjeta em um ambiente impecável como aquele. Um barulho próximo à porta o fez levantar, acreditando ser seu entrevistador, porém logo descobriu a origem: eram mais seis patas roçando o carpete com sua aspereza incômoda. Da janela, mais baratas, ameaçadoras em sua enormidade fora do comum, denunciavam o ponto de entrada da legião envernizada. Só então ficou clara a situação: ela estava ali.

Os longos cabelos de um tenebroso brilho inigualável esvoaçavam do lado de fora do vidro. O som de um estalar de dedos teve como resposta o som de asas repugnantes em movimento e, em pouco tempo, um turbilhão de aversões voadoras avançou sobre ele, chocando-se contra seu corpo. Não era possível enxergar, pois as patas arranhavam seu rosto, nem gritar, pelo receio de ser invadido por uma onda de insetos vorazes. Suas mãos eram inúteis para afastar aquele horror de si. Em total desespero, sentiu as pernas fraquejarem, foi ao chão, coberto por patas, antenas e asas e sentiu-se feliz ao perceber a chegada da escuridão que o engolfou como num mergulho em águas geladas.

Na clínica, ouviu algo sobre colapso nervoso e como seria o procedimento de transferência para um hospital público. Não tinha certeza se foi algo dirigido diretamente a si ou se apenas captava a conversa de outras pessoas. Tentou se erguer, mas não conseguiu. Medicamentos, com certeza. Todo seu esforço se concentrou em levantar as pálpebras. Sob a visão ainda esfumaçada, conseguiu identificar uma bolsa de soro ligada a seu braço por uma mangueira fina, uma cama vazia ao lado e uma enfermeira — supunha isso pelas roupas brancas. Com sua aproximação, percebeu que o brancor não era da sua roupa, era da sua pele. Palidez tenebrosa, olhos igualmente alvos e brilhantes, o corpo esquelético todo coberto por plástico transparente, o mesmo material de sua máscara emoldurada pelos cabelos escorridos. O sorriso nada tinha de graça.

Ela se deitou sobre seu corpo imóvel. Apesar de pesar apenas alguns gramas, seu peso o oprimiu, faltou-lhe o ar, sentiu-se esmagado pela ameaça e impotente frente a tanta sedução infame. Desejo e aversão. Coração acelerado, alma esvaziada. A vontade insana de querer tocá-la lutando contra o grito no fundo da mente devastada a bradar as consequências desse ato. Ela chegou perto do seu rosto e sussurrou sobre os momentos felizes que viveram juntos, injetou culpa em seu coração ao lembrá-lo das inúmeras vezes que tentou se livrar dela. Desta vez, ele quase conseguira, mas eles estão intimamente ligados, um vínculo muito difícil de romper. Desesperançoso, ele mergulhou de novo na escuridão gelada.

Todo o seu dinheiro restante foi sugado pelas despesas médicas e remédios. Ele não sabia como pagaria o aluguel e as contas daquele mês, mas não se preocupava. Queria apenas permanecer ali, naquela impassividade acolhedora. Quem sabe a morte por inanição o arrancasse dos braços da nívea presença que aguardava pacientemente sentada ao seu lado no sofá da sala, a vigilante incansável, com sua ave agourenta sobre o ombro? Decidido a não mais lutar contra seu destino, também adotou a postura de não seguir a favor dele. A não-ação, o não-pensamento, o não-ser mostrou-se sua melhor arma para prosseguir em seus dias vazios. Isso, porém, não ficaria assim. Não com aquela com quem estava lidando.

A ave pulou para o ombro dele, mostrando todo o peso do seu corpo e do seu cheiro cadavérico. Dali, mais um salto a levou para o encosto do sofá, bem acima da cabeça do objeto inanimado de carne e desesperança. Um bater de asas potente fez o inferno preencher todo o ar do cômodo e, com uma lentidão impressionante para o poder do golpe, fincou seu bico serrilhado em uma diagonal que foi da têmpora direita à lateral esquerda do pescoço. Em pesada agonia, ele sentiu o bico sair de si, milímetro a milímetro, no que pareceram horas. Uma vez livre do corpo invasor, seu crânio começou a rachar a partir do ponto de impacto inicial. Ensurdecido pelo rachar insano e sentindo sua sanidade esvair-se a cada trinca que brotava, foi surpreendido por um segundo ataque. Desta vez, o bico impiedoso fincou-se com velocidade no topo da cabeça até sua ponta assomar pela parte inferior do queixo. Ao arrancar o serrilhado hediondo com vigor e voar para longe dali, a ave levou aos ares não só ossos e massa encefálica, mas também toda a razão restante.

Ela se levantou, encarou a catatonia humana arruinada e sorriu. Ele estava pronto. Segurou-o firmemente pelas mãos e o arrastou para a porta de saída, deixando uma trilha de sanidade destroçada.

De onde vieram os telefones celulares, ele não sabe. O outro homem os analisou, pensou um pouco, olhou para os dois lados da viela imunda. Deu-lhe uma espécie de aperto de mão, deixando algo na palma da mão suja e trêmula. Algo com o peso do beijo de um demônio — a manifestação física dela. Ela sorriu e os dois partiram juntos, sob o olhar indiferente do mercador de sofrimentos.

Com os pés escorregando na força de vontade espalhada pela sala, ele a viu tirar a máscara e ficar totalmente nua. Aproximou sua cabeça da esquálida língua bifurcada que saía da boca grotesca. Hipnotizado como uma presa perante uma serpente de duas cabeças, ele se deixou ser atacado. Ela o invadiu, cravando-se em suas narinas e se projetando até seu cérebro, se enrolando, se expandindo, em orgásmica explosão.

O corpo em chamas retorceu-se, esticou, deslizou espasmodicamente em viscoso deleite. Sentiu que podia voar, e assim o fez. Em um bater de asas desordenado, derrubou móveis, chocou-se contra as paredes, desenhou espirais insanas no ar, até ser interceptado por ela e seus corpos se fundirem, torcidos em sangue e pó, unidos pela maldição do prazer, agora um só ser grotesco e disforme, a expressão dos horrores do que já foram e do que seriam, algo inominável com quatro pernas e quatro braços.

Com o estalar de ossos por conta de articulações impossíveis e posições horrendas, o ser nefasto subiu pelas paredes e teceu teias de bile e sonhos despedaçados. As cabeças esmagadas em si em um beijo infernal gargalhavam em êxtase, cuspiam impropérios ao mundo e dançavam no teto em comemoração ao momento. Frugal. Finito. Passado.

Tão rápido quanto se fundiu a ele, ela se desprendeu com a leveza de uma pluma, a serenidade de quem cumpriu seu papel após um longo período de luta. Ele voltou. Ele sempre voltava. Preso na própria teia, sozinho, se deu conta do que aconteceria a seguir. Um dos piores momentos que vivia era exatamente esta volta à razão — o golpe fatídico mostrando o ponto sem volta que se desenrolaria.

A teia se dissolveu rapidamente e ele caiu em alucinada espiral descendente, por horas, anos talvez, tão grande era a altura que galgou em sua loucura. A sensação de estar perdido no vazio se esfacelou quando o chão o enlaçou em violenta colisão. Tudo o que queria era morrer. Mas havia um preço a pagar por seus atos.

A cabeça decepada, caída de lado, contemplava a cena dantesca protagonizada por pedaços do seu corpo espalhados pela casa, em lancinantes movimentos pelo chão e móveis, para estarem juntos novamente. A mão esquerda se arrastava, patética, pelo piso lavado de sangue e gordura, dois dedos em pinça para segurar o coração por uma de suas válvulas enquanto os outros três se ocupavam pela locomoção até o torso destroçado. Foram necessárias horas para que o coração fosse levado à caixa torácica e o braço direito conseguisse levar a mão esquerda até o cotoco disforme e encaixá-la de volta. E assim se seguiu a agonia até que aquela massa arruinada de carne e ossos se tornasse novamente o arremedo de um ser humano, a cabeça pesada de remorso encaixada por último no pescoço.

Como um detestável troféu relegado ao pior dos seres humanos, permaneceu sobre a estante da sala a máscara de plástico com um sorriso macabro estampado. Ela venceu mais uma vez. Resta agora apenas colar os pedaços com lágrimas e cortisol. Levará muito tempo até voltar a estar inteiro. Então ela retornará.

PAUL RICHARD UGO, publicitário, redator e professor, é autor da coletânea de contos de horror *Contos de Alguns Lugares*. Quando criança, criava roteiros imaginários. Já adulto, fez roteiros para filmes de treinamento e publicidade em TV. Também foi roteirista do canal curtas de terror Medologia. Atualmente ministra cursos de escrita criativa. Recentemente publicou o livro *Dê um Basta à Bosta!*

PESADELO EM SACHSENHAUSEN

Paul Richard Ugo

Meu nome é Leonardo Abramoff. Nasci no Brasil, numa família judaica de origem russa que fugiu da Alemanha no início da Segunda Guerra Mundial. Meus antepassados conseguiram escapar de serem presos nos guetos e, posteriormente, mortos nos campos de concentração. Fugiram logo depois da Kristallnacht — a Noite dos Cristais, quando nazistas vandalizaram todas as lojas dos judeus na Alemanha, quebrando suas vitrines e roubando todas as mercadorias. Joias em especial.

Meu bisavô, talvez acreditando que o crescente ódio aos judeus implantado por Adolf Hitler não passasse de pura propaganda, resolveu ficar. Não queria largar a boemia, os cassinos, as mulheres e a riqueza que suas falsificações de documentos e notas lhe proporcionavam. Era um artista e um pintor formidável, formado nas melhores escolas de artes da Ucrânia, onde cresceu. Mas, rapidamente, descobriu que estava errado. E agradeceu à Deus por seu irmão ter levado seu filho, meu avô, para o Brasil. Não era só propaganda. Ao ver que todos os judeus estavam sendo retirados à força de suas casas e que estas eram saqueadas pelos soldados, meu bisavô procurou esconder alguma coisa de valor, como joias e documentos, e pediu que minha bisavó, uma dançarina com quem mantinha um romance, engolisse alguns diamantes que ele escondia em casa, assim que os soldados arrombaram a porta.

Infelizmente, um dos militares pôde vê-la por sobre os ombros de meu bisavô, que tentava em vão impedir a entrada, e desconfiou que ela havia escondido alguma coisa em sua boca. Enquanto minha pobre bisavó era torturada para dizer o que havia escondido, outros soldados faziam buscas na casa. A tortura foi cruel e desumana. Um oficial da Gestapo entrou na casa e ordenou que abrissem seu ventre com um punhal diante dos olhos de meu bisavô. De lá, tiraram os diamantes que jaziam em um pequenino saquinho de linho. Ao ver que, dentre os pertences da casa, havia inúmeros desenhos e impressões feitas à mão, o oficial resolveu poupar a vida de meu bisavô, levando-o preso para interrogatório. Meu avô dizia que a polícia alemã já conhecia seu pai e, após algumas vezes preso, já conheciam o seu talento. Salomon Abramoff poderia ser útil.

Por conta dessas bizarras histórias contadas pelo meu velho avô, resolvi aproveitar minha viagem como mochileiro pela Europa, ir até Berlim e, de lá, pegar um trem na Hauptbahnhof para seguir até a última estação da linha S1, em Oranienburg, onde a saga de meu bisavô continuou até sua morte no campo de concentração de Sachsenhausen.

A pequena Oranienburg havia ressurgido com uma beleza indescritível depois de ser devastada pelos bombardeios russos. Era como se tivessem revolvido a terra de uma horta antes triste e fúnebre, transformando-a em terra fértil para celebrar a beleza da paz. Uma silenciosa homenagem aos que ali morreram, uma tentativa de fazer com que todos esquecessem um nome: Theodor Eicke — o Papa Eicke —, o mais temido comandante da SS, assassino cruel que teve rápida ascensão por conta de seus frios assassinatos em nome do Führer.

Hitler soube como direcionar a agressividade diabólica de Eicke em prol da causa nazista, já que fora inclusive internado por conta de sua violência na clínica psiquiátrica de Würzburg, em 1933. Este nome era maldito em minha família. Mesmo depois de adulto, percebi que os mais velhos evitavam falar nele, talvez achando que isso poderia despertar um mau agouro ou até mesmo invocar a errante alma diabólica deste que foi, talvez, o menos citado dos monstros criados pelo nazismo, porém o mais cruel deles.

Theodor Eicke criou em Sachsenhausen, um campo-modelo, onde fazia experimentos no manejo de prisioneiros, desenvolvia as técnicas de extermínio e experiências médicas que depois eram levadas aos demais campos de concentração espalhados pela Europa. Era o homem de confiança de Adolf Hitler, sendo colocado como responsável pela administração de todos os centros de confinamento. Papa Eicke, como era chamado pelos que o temiam, executou meu bisavô com suas próprias mãos, momentos antes de iniciarem a Marcha da Morte, quando os alemães, prevendo a derrota, transferiram centenas de milhares de prisioneiros para trens de extermínio e para barcos que foram afundados propositadamente.

Muitos até hoje pensam que Theodor Eicke, naquele momento, já havia sido morto na queda de um avião atingido pela artilharia russa. Estava vivo, porém, e permaneceu no anonimato, coordenando a retirada de macabras evidências de seus crimes. Nesta Marchada Morte também morreram os que não aguentaram caminhar dezenas de quilômetros sob neve e temperaturas abaixo de zero, afetados pela fatal hipotermia, que fez com que milhares ficassem pelo caminho. Os mais fracos acabavam sendo alvos da diversão dos soldados e dos tiros certeiros em suas cabeças. Os alemães queriam apagar qualquer rastro de suas bizarras condições impostas nos campos de concentração. E apagar as provas vivas de seus atos bárbaros era como varrer a sujeira para baixo do tapete.

Ironicamente, o único hostel da cidade era onde morou o maldito diabo Eicke, ou, como chamavam seus comandados, Teufel Eicke. Situado ao lado do campo, transformado em museu em homenagem aos mais de 30 mil mortos por desnutrição, extermínio, fadiga, execuções, experiências médicas e doenças como tifo, o casarão agora tentava disfarçar, com jardins e flores, a sua sobriedade e frieza das construções que tinham a morte como objetivo final. Como não era temporada de turismo, o hostel estava vazio. Cheguei no final da fria e curta tarde de fim de outono, completamente exausto. Fui para o quarto, onde havia várias camas, que me fizeram lembrar dos alojamentos expostos aos turistas do outro lado da cerca que separava a casa do campo de concentração.

A simpática concierge me levou à porta, indicando o banheiro e os escaninhos onde eu poderia colocar meus pertences. Em uma das camas, havia um jovem mochileiro como eu, padecendo talvez de extremo cansaço, pois dormia tão profundamente que seu ressonar denunciava sua exaustão. Os radiadores davam ao amplo quarto uma temperatura agradável, mas ainda era necessário um bom edredom. Me vi diante de um dilema: dormir com ou sem banho. Ao ver a cama com os lençóis impecáveis, senti minha veia brasileira pulsar mais forte e corri para o banheiro, tomando uma relaxante ducha.

Voltei ao quarto e caí na cama, já com meus pensamentos voltados para a incrível ironia da vida. Estava eu, naquele momento, sob o mesmo teto onde o demoníaco algoz de meu bisavô viveu seus momentos de intimidade. Onde ele arquitetou as mais desumanas formas de extermínio, onde certamente estuprou as prisioneiras recém-chegadas e que ainda possuíam o viço e a voluptuosidade da juventude bem-criada. Meus devaneios sobre os caminhos que a vida nos leva acabaram por me levar ao mais profundo sono.

— Schnell! Schnell! — Acordei num pulo, assustado com os gritos graves que ordenavam que eu me levantasse rapidamente.

Ao abrir meus olhos, vi o brilho negro vindo das impecáveis botas militares. Olhei para cima e vi a face do demônio. Sim, Papa Eicke estava ali, ao meu lado, gritando para que eu acordasse. Levantei-me em um pulo e corri meus olhos pelo quarto que agora tinha se transformado no barracão 39, onde dormiam caquéticos presidiários sem forças para reagir a qualquer estímulo sonoro. Olhei para meu corpo e me vi vestido com um surrado e encardido uniforme listrado de azul e branco. Ri daquilo pois conscientemente tinha a certeza de que estava sonhando, impressionado com a forte emoção de estar naquele lugar. Soltei uma sonora gargalhada interrompida por um tapa em meu rosto que me fez sentir uma dor verdadeira e um gosto de ferrugem provocado pelo sangue, que eu agora cuspia para evitar engolir. A força do tapa foi tamanha que fez com que meu corpo tombasse no colchão de palha. Fui agarrado pelos braços e arrastado até o Setor Z, onde pude ver outros presos nus, tremendo de frio, aguardando para ser atendido naquele que eu sabia ser o último setor do campo: o extermínio.

Fui levado até uma fria sala toda azulejada onde havia um oficial vestido com um jaleco, como se fosse um médico. Ele estava sentado atrás de uma pequena mesa de madeira com um caderno de anotações e uma arma sobre ela. Olhei à minha volta e vi coisas que me deixaram num misto de curiosidade e medo. Uma mesa ginecológica, um estranho artefato de onde saíam fios — talvez usado em torturas —, uma maca, uma mesa com instrumentos médicos como bisturis, serras ortopédicas, fórceps, espéculos e outros que minha ignorância não podia catalogar.

— Sente-se, Salomon. Precisamos de sua colaboração. E isso poderá facilitar sua estada aqui no campo. Como você sabe, este é um campo de trabalho, dentro das normas humanitárias estabelecidas pela guerra. Mas só para aqueles que colaboram com nossa causa — disse o macabro homem, olhando por sobre meu ombro, buscando aprovação para quem estava atrás de mim.

Virei a cabeça e vi o diabólico Eicke com sua reluzente Luger na mão esquerda, aquecida por uma grossa e impecável luva de couro preto.

— Salomon? Eu? O que querem de mim? — perguntei, preferindo levar adiante o devaneio de meu sonho.

— Sabemos que você é um excelente artista gráfico, um falsário talentoso, talvez o melhor de toda a Europa, e precisamos que participe de um projeto que idealizamos aqui — disse o Teufel Eicke, com sua voz grave e fria, enquanto caminhava claudicante, por ter sido atingido por uma mina que destruiu seu carro oficial e seu pé direito.

Imediatamente, lembrei-me de meu bisavô. Eu estava em meu sonho, imaginando o que ele poderia ter passado. Na minha fantasia onírica, resolvi tentar mudar a história, desafiado o algoz de meu bisavô:

— E se eu não colaborar? Vão acabar de vez com meu sofrimento e me executar? Seria um favor depois do que fizeram com minha pobre mulher.

— Sua mulher? Aquilo não passava de mais de uma de suas prostitutas que só tinham interesse em seu dinheiro fácil. Não — disse o maldito Eicke. — Não vou matá-lo agora. Isto seria muito simples. Para convencê-lo, trouxemos você até aqui para mostrar o que faremos caso se recuse a colaborar com o plano que nosso Führer aprovou.

Eu sabia o que minha imaginação havia criado em meu sinistro sonho. Meu bisavô desenhou para a impressão, com altíssima qualidade, notas falsas de libras esterlinas, para serem jogadas no mercado inglês, enfraquecendo a moeda e a economia daquele país. O projeto, chamado depois de Operação Bernhard, criou mais de dez milhões de notas falsas, num total de 136 milhões de libras esterlinas. Eicke e Bernhard Krüger — um major nazista especialista em impressão gráfica pelo chefe da SS, Heinrick Himmler — comandaram um pequeno exército de mais de 140 homens e mulheres destinados a produzir a falsa fortuna. Vários vieram das unidades fabris da BMW e da Heinkel, pois tinham habilidades com linha de produção. Nestas fábricas, trabalhavam como operários escravos. Que ironia. Logo eu que, em São Paulo, tinha uma BMW velha que me enchia de orgulho, e os aviõezinhos Heinkel da Revell foram os meus preferidos quando meu hobby adolescente era montar dioramas da Segunda Guerra Mundial.

Papa Eicke ordenou a entrada de um prisioneiro na sala. Era um esquálido homem aparentando uns 40 anos, talvez mais novo, já que o sofrimento cria sulcos indisfarçáveis no rosto. Usava um par de óculos remendados com tiras de borracha. Quem seria esse homem? Talvez um rico empresário, um professor, um cientista, médico, advogado... um ser humano. Parecia estranhamente animado por estar ali. Sorria como quem estivesse num lugar cheio de boas coisas. Estranhei aquilo e imaginei ser mais um detalhe mórbido de meu sonho.

— Este é Isaac Goldnadel — disse Theodor Eicke. — Um dia ele foi um rico empresário, dono de fábricas espalhadas por toda a Alemanha, com milhares de trabalhadores alemães que suavam para enriquecê-lo. Hoje você pode ver quem realmente ele é. Um sub-humano que não vale a ração que come. Agora, o doutor Heinz Baumkotter vai mostrar o resultado de uma excepcional experiência. E acho que isso irá convencê-lo a colaborar conosco.

O monstruoso dr. Baumkotter levantou-se e pediu que o pobre homem ficasse em pé diante da mesa onde estavam os instrumentos médicos. Isaac Goldnadel obedeceu como um autômato; talvez tivesse sido lobotomizado, pois não reagia contra as absurdas ordens dadas.

— Isaac! — gritou o médico. — Pegue o bisturi e retire sua mão esquerda de seu braço bem devagar.

Isaac seguiu o comando: pegou o bisturi e cortou devagar sua pele, chegando aos tendões que agora mostravam sua brancura no meio do sangue que esguichava de seu pulso. Ao chegar na articulação, pude ver bem, a lâmina separando com cuidado as conexões entre os ossos da mão e do braço. A mão esquerda de Isaac despencou sobre a mesa de instrumentos e ele aguardava nova ordem com seu semblante desconcertantemente alegre.

— Isaac! — gritou mais uma vez o médico. — Não vamos desperdiçar esse sangue todo que está esguichando de seu braço, não é mesmo? Beba; leve seu braço à sua boca e beba seu próprio sangue!

Isaac fez como foi ordenado. Ergueu o que sobrou de seu braço até a boca e, prazerosamente, começou a beber o líquido que vertia dali.

— Isaac! — ordenou. — Leve seu braço até onde alcance, por sua garganta abaixo.

Aquilo pareceu demais para mim. Meu estômago já estava revirando e minha boca se encheu de saliva, anunciando o vômito inevitável. Isaac seguiu a ordem e enfiou seu braço até a altura do cotovelo. Quando achei que já não poderia mais continuar a descida por sua garganta, ouvi estalos de seu braço se quebrando em vários pedaços para descer mais ainda, até que sua mandíbula se deslocasse numa bizarra posição, levando a sua agora disforme boca até seu ombro.

Suas bochechas magras rasgaram para que sua cabeça, completamente torta a essa altura, alcançasse sua axila. Nunca imaginei que poderia ver algo tão monstruoso como aquela cena criada por minha fantasia. Isaac começou a ficar roxo, pois não conseguia mais respirar — afogava-se em seu sangue e tinha as vias obstruídas por seu braço que, já havia perfurado seus órgãos. Suas pernas se dobraram e o pobre homem caiu morto.

— Meu caro, isto é só uma amostra do que iremos fazer caso se recuse a colaborar. Todos os dias traremos você até aqui e iremos mostrar nossas mais modernas técnicas de extermínio. A cada dia, alguém morrerá por sua recusa.

Levantei minha cabeça, enxugando com a manga de meu uniforme as gotas de vômito que ainda pingavam de minha boca. Já estava duvidando que aquilo era somente um fruto de minha imaginação.

Sonho ou não, resolvi tentar acordar daquele que tinha se transformado no pior pesadelo de minha vida. Mas foi em vão. Eu parecia preso àquela época, àquele momento. Resolvi negar minha participação na Operação Bernhard, agora motivado pelo ódio que tomou conta de mim ao ver do que eram capazes aquelas hediondas criaturas. Diante de minha recusa, o dr. Baumkotter calmamente preparou uma seringa com um líquido branco e aplicou em minha nuca. Senti toda minha coluna arder como se estivesse em brasa, meu cérebro parecia formigar e um forte zumbido tomou conta de meus ouvidos. De repente, senti que não conseguia mais comandar pernas e braços, que pareciam pesar uma tonelada cada um.

— Salomon, esta é uma pequena dose de nossa fórmula. Depois de três aplicações, você ficará como aquele traste jogado ali no chão. Agora vem a melhor parte. E acho que você será sensato em concordar conosco depois do que vai acontecer. Guardas! Tragam o próximo paciente! — gritou Papa Eicke.

Eu não conseguia me mexer e não sentia meu corpo. Estava completamente anestesiado, apesar de ainda ter a sensação tátil e permanecer consciente. Vi quando entrou um jovem rapaz, talvez recém-chegado ao campo, já que não mostrava ainda as marcas do sofrimento. Seus olhos assustados o levaram ao pânico quando fitaram o corpo de Isaac caído no chão. Amarraram o jovem à maca e Baumkotter pegou o bisturi — ainda molhado com o sangue de Isaac — e cortou as pálpebras do rapaz para evitar que ele fechasse os olhos. Os sons eram confusos, mas a voz de Baumkotter soava forte em minha cabeça.

— Salomon, agora é sua vez. Venha até este jovem e arranque seu coração com suas próprias mãos!

O comando me soou como algo inimaginável. Eu não era capaz de matar uma barata, quem dirá um ser humano. Porém, senti meu corpo atender à ordem do médico e, mesmo tentando evitar, me vi ao lado do prisioneiro cujo corpo tremia de pavor com seus olhos quase fora de suas órbitas. Minhas mãos alcançaram o peito desnudo do rapaz, que ainda possuía músculos que seriam consumidos pela fome caso sobrevivesse por mais alguns meses no campo.

Cravei minhas unhas curtas em sua pele até começar a arrancar pequenos pedaços, expondo a derme, de onde começaram a brotar gotas de sangue. Levei uma das mãos com os nacos da epiderme até minha boca e senti um sabor inigualável, que despertou em mim uma voracidade incontrolável. Usando minhas mãos tal qual garras de um animal feroz, comecei a abrir a pele até chegar aos músculos, mastigando os pedaços que eram arrancados do peito do rapaz.

As costelas não demoraram a aparecer, como alvas grades que prendiam um coração batendo em quase ponto de fibrilação por pavor. Os gritos do jovem eram ouvidos por todos os cantos do campo e isso enchia Papa Eicke de prazer. A primeira costela custou a ser partida e separada do osso externo. As outras duas foram um pouco mais fáceis. Nesta hora, minha vítima já não gritava mais e, apesar de seus olhos desnudados de suas pálpebras, deveria ter desmaiado de dor. Antes de arrancar o coração, deixei minha mão repousada sobre o órgão para sentir sua pulsação e o calor do sangue, que era bombeado com tanta pressão que se podia ouvir seu fluxo.

Usei as duas mãos para arrancar o coração, que ainda pulsou algumas vezes antes de parar. Ali mesmo, em pé, diante do rapaz morto com seu peito aberto, comi o coração, que me pareceu ser uma divina iguaria.

Sei que poucos irão acreditar em minha história, mesmo aqueles que agora me visitam aqui na clínica psiquiátrica da Universidade de Würzburg, a mesma onde ficou internado o diabólico Theodor Eicke. Todos afirmam que eu matei e comi o coração do rapaz que dormia no mesmo quarto que eu no hostel em Sachsenhausen. Mas somente eu sei dos pesadelos que ainda me perseguem todas as noites. E ainda sinto a dormência no meu corpo e o doce e inesquecível sabor da carne humana.

ADEMIR PASCALE, paulista, escritor e ativista cultural. Editor-chefe da Revista Conexão Literatura. Membro Efetivo da Academia de Letras José de Alencar e chanceler da Academia Brasileira de Escritores (Abresc). Participou em vários livros publicados no Brasil, França, Portugal e México. Organizador do livro *Possessão Alienígena* (Ed. Devir). Autor do romance *O Clube de Leitura de Edgar Allan Poe* (Ed. Selo Jovem) e autor convidado do livro *Aquela Casa* (Ed. Verlidelas), criador e organizador das antologias *O Legado de H. P. Lovecraft*, *Histórias para Ler e Morrer de Medo* e *Apocalipse – Contos e Poemas sobre o Fim do Mundo*, entre outros.

O Balanço da Velha Árvore

Ademir Pascale

O vento açoita as árvores impiedosamente. Ao longe, o negrume no céu anuncia que logo virá uma forte tempestade.

Respingos de água já caem no descampado e no grande vidro da janela do antigo casarão que está à venda. Um pequeno dedo indicador traça a silhueta de uma carinha triste no vidro embaçado da janela do quarto do primeiro andar, enquanto olhos miúdos e semicerrados observam algo lá fora:

— Pai, quem é aquele menino no balanço lá fora? — diz Giulian, olhando para o galho de uma grande árvore no meio do quintal do casarão, enquanto seu pai conversa com o corretor de imóveis.

— Mas por que faz tanto tempo que esta casa está à venda? O preço até que não está tão alto assim se considerarmos a quantidade de cômodos, a localização e a área de lazer — diz Peterson, o pai, acariciando sua longa barba.

— Pois é... Acredita em destino? Eu acredito e esta casa certamente ainda não foi vendida porque já estava destinada pra você e sua família — diz o corretor, com seu grande papo, ao mesmo tempo que tenta descobrir o que tanto Giulian olha lá fora.

— Pai, pai, o menino está olhando pra cá...

— Não me interrompa agora, Giulian. Que menino o quê? Com uma ventania dessas e com essa tempestade que vai cair, que garoto seria louco de ficar num balanço de uma árvore velha? De qualquer forma, não tem ninguém aqui ou lá fora a não ser nós três. Comporte-se, certo? Estou tentando comprar esta casa pra fazer uma surpresa pra sua mãe. Bom, vamos lá. Sei que o preço não está tão alto, mas o pagamento será à vista. Tente dar um descontinho pra gente fechar negócio. Você sabe que eu ainda irei gastar com a papelada e tudo mais — diz Peterson para o corretor.

— Certo, certo. Tenho certeza de que o senhor está fazendo uma boa escolha. Consigo um descontinho, mas só porque é pro senhor. Vamos deixar o garoto aqui e vamos lá pra sala ao lado.

Peterson e o corretor saem do quarto conversando, enquanto Giulian, sem perceber que eles saíram, continua a olhar lá fora. Mas, de repente, o garoto que ele dizia estar no balanço desaparece, não havia mais ninguém. Ele podia ter se enganado e provavelmente o seu pai estava certo. Era a sua imaginação fértil.

— Vamos, Giulian, está praticamente tudo certo. Na próxima semana, a gente se muda pra cá. Você está feliz?

— Sim, estou... — diz o garoto, um pouco acanhado.

— Ora, fique feliz. Olhe o espaço lá fora pra você brincar. E este quarto... Vamos, semana que vem a sua mãe terá uma bela surpresa.

Os três saem da casa. O vendedor, com um largo sorriso pela comissão gorda que irá receber. O garoto, já dentro do automóvel do seu pai, se vira no banco traseiro e olha mais uma vez para o balanço da grande árvore enquanto o carro vai se distanciando cada vez mais da casa.

Não tem nada lá, apenas o vento que empurra o balanço, fazendo a corda gemer num som repetitivo.

Mas, no clarear de um relâmpago, um garoto reaparece sentado no balanço. Suas vestes fúnebres parecem ser de uma outra época. Seus olhos negros estão fixados na silhueta do desenho que Giulian deixou no vidro da janela do quarto que lhe pertenceu, quando ainda estava entre os vivos.

O garoto dá um sorriso, deixando à mostra sua boca enegrecida. Agora ele está feliz, pois finalmente, depois de 55 anos, terá um amigo para compartilhar sua solidão e, quem sabe, desvendar um crime: descobrir seus restos mortais, que foram enterrados no pé daquela mesma árvore pelo seu perverso padrasto.

FLÁVIO KARRAS, autor das obras *Indigesto – Contos Gástricos*, *Parasita de Almas* (finalista do Prêmio Aberst 2019 na categoria Melhor Romance de Horror), além de diversos contos em ebook na Amazon. Participou de inúmeras antologias, como por exemplo, *Tratado Oculto do Horror* (Ed. Andross), 8 Faces *da Diversidade*, *Psicopatas* (Ed. Illuminare), *Vampiro* (Ed. Empíreo), *O Mundo Fantástico de R. F. Lucchetti* (Ed. Coerência), *Presentes Perigosos* (Ed. Constelação) e *Mulheres vs Monstros*.

As Moscas Dormem de Madrugada

Flavio Karras

— Acorde, meu amigo.

O despertador tocou meia hora antes, para Brian O'Neal preparar o café da manhã. A esposa se engalfinhava com o travesseiro enquanto ele se espreguiçava à beira da cama. As molas do colchão o projetaram para fora, fazendo-o escorrer pelo piso gelado até diante do espelho.

Marcas da idade resistiam aos cremes. No início da casa dos 40 anos, não se dava ao luxo de imaginar quais olheiras seriam resultado de mais uma noite mal dormida. Fios brancos se rebelavam no emaranhado do peitoral malhado. Sempre teve vontade de depilá-lo.

— Hoje não será o dia. Vá preparar o café.

Da cafeteira, veio o aviso de que a bebida estava pronta. Salpicou algumas raspas de chocolate nas panquecas dos filhos. Dois meninos, os gêmeos mais diferentes do mundo. Para a esposa, arrumou uma tigela de cereais integrais e suco de laranja.

Acordou a "dupla dinâmica", como gostava de chamá-los, com um beijo rejeitado na testa, e a esposa, com um beijo gosto de saliva fermentada.

Os talheres tilintavam na cozinha. A família comia afoita enquanto o jato d'água gelado estimulava seu corpo no banho matinal.

Terceira gaveta da direita. Retirou a loção hidratante importada para tamponar suas décadas de rugas. Girou de um lado para o outro na frente do espelho, o reflexo de um homem de negócio sereno, decidido e responsável. Tantas qualidades escondidas por trás de botões italianos do terno de risca.

— Você está muito elegante, Brian. Mas não se esqueça do nosso plano.

Bastaram um gole de café preto e meia maçã. Desarrumou o penteado do filho distraído e encenou uma luta medieval usando talheres de plástico com o outro. Abraçou a mulher com um bom-dia e dois homeopáticos "eu te amo".

Pipocaram mensagens no celular a caminho do trabalho. Cobranças. Para cada cliente, para cada reclamação mandou um emoticon de um coraçãozinho pulsante.

— Seus fregueses são idiotas gananciosos.

Já no expediente, o brilho das paredes espelhadas da empresa refletia-se nos seus óculos escuros, assim como o sorriso do manobrista ao receber a chave do carro. Cumprimentou o ascensorista com quem dividia o elevador com respostas genéricas sobre jogos de futebol que nunca assistira. *O mesmo andar de sempre, por favor.* Seguiu pelo piso ladrilhado rumo à sua sala recebendo bons-dias panfletados como oferendas Hare Krishna.

A cadeira giratória o esperava, acolhendo-o com a espuma já moldada pelo seu peso. Desta vez não chamou a secretária, nem pediu os relatórios em sua mesa. Deslizou a cadeira como uma criança no andador e encarou o alaranjado do céu. Um belo horizonte sem chuvas ou intempéries, *um bom dia.*

— Hoje é o dia perfeito, Brian.

Em instantes, quatro funcionários adentraram a sala para sentar-se em frente à sua mesa. Sorrisos mecânicos alegraram-se com os pareceres recheados de gráficos e planilhas. Cumprimentavam-se pelo desempenho.

— Eles sempre querem mais, muito mais. Até quando você vai se deixar levar? Vamos ao que interessa.

Pediu licença e voltou ao elevador recebendo os bons-dias daqueles que não o tinham visto antes. Último andar, mais um lance de escada. Finalmente, na sacada do edifício, ele estava mais alto que o sol. Ali, o oxigênio era mais honesto que aquele gourmetizado ar condicionado do trabalho. A brisa matinal o lambeu, trespassando a malha elegante. No topo do prédio não havia piso laminado, e sim um rude concreto esfarelado. De lá, via pequenas formiguinhas engravatadas que iam e vinham a seus pés. Pedaços de metal motorizados seguiam os destinos de sempre — sempre. O rugir das antenas enferrujadas chamou sua atenção. Elas balançaram mais um pouco, acenando uma despedida com compridos dedos metálicos, concordando com o tédio que o assolava. *Tudo sempre tão igual, tão... bom-dia.* Abriu os braços e saltou.

O baque seco sobrepôs-se aos rugidos da metrópole. Buzinas emudeceram e conversas fúteis se desligaram diante do corpo estatelado no chão. O crânio se abriu majestosamente, como uma flor na primavera, e miolos acinzentados pintaram o chão ladrilhado. Respingos acertaram as roupas de um casal de namorados envolto em juras de amor no banco ao lado do morto. As vértebras uniram-se numa farofa de ossos e cartilagens. E os membros — *ah, todos perdem a elegância neste momento* — escancarados, iguais a uma perereca seca no asfalto.

— Um desperdício, este creme hidratante é muito caro. — Ao lado do corpo, Cotton, que acompanhava o empresário nos últimos dias, lamentava. Ele encarou o ricaço, mas este não tinha cara para encará-lo de volta. Na verdade, ninguém poderia vê-lo.

Criar o clima antes da hora H era a parte predileta de Cotton. Uma brisa barulhenta, um trovão assustador, a voz de um ente querido falecido, uma sombra indiscreta ou até mesmo sussurrar o nome do selecionado tornaria o momento especial. Naquele dia havia apelado para sugestões e antenas. Objetos inanimados geram uma inacreditável instigação ao suicídio.

A deliciosa refrescância dominou seu pulso e o nome "O'Neal" apareceu gravado na pele de Cotton. Não usava manto negro, muito menos a inconveniente foice. Preferia calça jeans surrada e um chapéu de cowboy. Cotton não era seu verdadeiro nome, mas assim gostava de ser chamado em homenagem aos tuchos que tamponavam os buracos do cadáver — a única coisa limpa naquele amontoado podre — e ele era a limpeza, ele era a morte.

Apanhar uma alma após um episódio romanceado era questão de traquejo e técnica. Contudo, negava-se a participar de episódios de tragédias volumosas, natimortos, muito menos mortes controladas em hospitais. Seu ramo era os suicidas.

De Nova York para a grande São Paulo, no seu bar predileto, misto de prostíbulo e ponto de tráfico de drogas, ocupava uma das cadeiras ao lado do caixa. A caneca deslizou pelo balcão até pousar em sua mão. Com um gole rápido secou a bebida. Litros e litros de cerveja, cujo sumiço o barman deverá justificar ao chefe.

Meio da madrugada, sem tempo de apreciar a nova tatuagem, um nome atravessou sua mente milenar. Aquela era a hora. Um belo espécime, provavelmente sob os efeitos do álcool, o aguardava. Suicidas com sutis estados de torpor possibilitavam a Cotton utilizar-se de aparições ou visões fantasmagóricas. Renderia bons momentos, além de longas gargalhadas.

Degrau por degrau, caminhou pelo edifício a poucos metros do boteco.

A proximidade era sinal de sorte.

É claro que poderia aparecer num instante diante do desafortunado. Contudo, as prévias eram essenciais. Analisar a estrutura, conhecer os derredores. Os sutis detalhes eram sempre mais surpreendentes que os chatíssimos círculos infernais, o insignificante purgatório ou o repulsivo paraíso — *paraíso não sei para quem*. Continuou pelo velho sobrado feito para fugitivos dos olhares condenatórios e das leis ultrapassadas. Poucas lâmpadas resistiam nos soquetes engordurados pendulando no teto mofado. Entre os lances da breve escalada, um moribundo tinha uma overdose de cocaína no chão — *desculpe, não lido com gulosos desastrados*. Saltou o corpo até encontrar a terceira entrada à esquerda.

Bateu na porta. Toc, toc. Suicidas se apavoram com interferências. Alguns pensam numa ajuda de última hora ou alguém para atrapalhar, ou até mesmo num milagre. O vórtex de pensamentos era excitante... mas o tesão murchou ao se deparar com o homem encurvado, nos últimos suspiros.

Jorge Almeida morrera sem ouvir a porta. Encurvado no chão grudento, calçava apenas as meias fedidas do tedioso escritório de contabilidade onde trabalhara. Suas costas formavam um "C" bem redondo.

Circulando o pescoço e a parte de baixo das pernas, uma cinta de couro forçava a cabeça para baixo. A mão morta ainda tensionava a faixa — *morto engasgado com o próprio pênis numa felação macabra.* Saliva e esperma vazavam da garganta entupida, enquanto Cotton se consumia por não ter participado de um suicídio tão diferente. Observou o rosto do defunto — olhos e nariz vendados por uma máscara sadomasoquista erótica de malha rosa felpuda. *Filho da puta original.* De repente, um barulho. Havia mais alguém no quarto.

Pela porta, uma mulher caminhou a passos firmes — *tinha o nome de uma fruta vermelha; não era velha e também nenhuma adolescente* — e não estava na hora dela morrer. As unhas pontudas arranharam a parede num miado irritante, até pescar o bolo de notas amarradas com elástico. Guardou o monte no sobretudo branco-sulfite e sumiu, deixando Cotton em sua agonia — *era uma puta qualquer. Uma puta sortuda. Preciso melhorar para o próximo.* "Almeida" queimou em seu braço, mas isso não o excitou.

Os dias se passaram na companhia de idosos tomando veneno para chamar atenção da família, adolescentes se cortando por causa da malfadada carreira de youtuber, dentre outros. Todos acompanhados com pontualidade e teatralmente induzidos — *"induzidos" não é uma boa palavra; afinal, apenas trago certa elegância à ideia de botar um ponto final na vida deles.*

Até que enfim estava diante de mais um nome na madrugada. Humberto Alves girava e sorria com o ventilador de teto. Vendado — *com a merda da venda rosa* —, nu e suspenso. O corpo dava os últimos espasmos. Cotton chegara atrasado novamente. O fatídico orgasmo do juiz celebridade foi intenso, o corpo todo arrepiado com marcas de chicote nas costas, mamilos presos por pregadores metálicos e um avantajado plugue anal. O magistrado sorria antes da língua sair numa careta típica dos enforcados. Do closet, a mulher saiu — *aquela desgraçada.*

Cotton a fitou mais detalhadamente. Sua aura era carregada de orgasmos profundos. Sentia prazer com aquelas mortes, até mais que o próprio ceifador. Não se limitava à mera penetração entre seus grossos lábios escurecidos e queimados pelo sexo desvairado. Ela queria a lascívia da luxúria fatal. Por um instante, pensou em escrever o nome da mulher em sua pele. Não era tão simples, sofreria as consequências de acabar com alguém não listado. E a escrita não era tão simples, precisava de uma tinta — *muito* — especial.

A humana continuou a caminhar pelo quarto. Vestia um corpete de couro com delicada cinta-liga de correntes. Um estranho receio abateu Cotton ao se deparar com o rosto negro brilhante. Apenas os olhos amendoados eram vistos pelos buracos da máscara, entre eles um discreto furo para o nariz, e abaixo — *por Deus* — um sorriso com lábios de zíper.

— Uma dominatrix — Cotton sussurrou para si mesmo. A mulher golpeou as nádegas do juiz, cravando as unhas com apetite. — O que ela pretende fazer?

O homem gemeu comprido para a surpresa da morte — *ele... ele não estava morto?* Ela apertou-o, preenchendo o ambiente com o gemido cadavérico, até ele silenciar num último tremelique. Até, enfim, morrer.

Satisfeita, ela mordiscou os pedaços de pele da ponta dos dedos. Coma língua bífida umedeceu os lábios de metal numa última encenação — um espetáculo.

Desolado, Cotton passou as horas seguintes esvaziando o estoque do bar. Tonéis de cerveja temperaram sua raiva mortal, literalmente, à espera do fim de noite. Relembrava-se dos suicídios emblemáticos: atenienses idiotas, árabes escandalosos, amazonas covardes. Embriagado, descontava sua frustração nas latas vazias, chutando-as nas mais diversas direções — *espero que o arsenal de desculpas do barman seja vasto.* De relance, o nome do novo escolhido ofuscou sua mente, quase o derrubando — *estou pronto para fazer o serviço. Fodam-se as preliminares, vamos ao finalmente! André Mariano, vou te buscar.*

Cotton urrou ao ouvir o último suspiro lacrado. André, o deputado e futuro presidenciável, acomodou-se dentro de uma grande sacola plástica, deixou-se embalar a vácuo e, propositalmente, não acionou o dispositivo de segurança — *a asfixia sexual foi além da conta. Moral da história: cadáver ensacado e sem ar. Um pedaço de carne seca na prateleira do mercado.* Através do plástico transparente, Cotton observava as marcas de uma severa sessão de *suspension bondage* nas costas do morto e a venda rosa no rosto arroxeado. A morte sabia quem encontraria na sequência. A dominatrix deu o ar da graça, surgindo por trás de seu corpo. Cotton controlou o espanto. Era como se ela ouvisse seu pensamento. Com ar de satisfação, ela retirou um pomposo cheque de muitos zeros do criado mudo, mandou um beijo metálico para o falecido e seguiu bebendo um cálice de licor com ar de vitória.

A ira explodiu nas veias eternas de Cotton. Movido a álcool, não permitiria que seu deleite fosse prejudicado mais uma vez — *matarei esta mundana atrevida, nem que isso me custe alguns castigos no limbo*. Poderia escrever o nome da dominatrix em sua pele com a tinta especial. Bastavam alguns mililitros de "início da morte". Para tanto, precisava ir ao único fornecedor da iguaria: a maternidade.

Detestava o ar hospitalar. Não pelo clima de doença, mas pelo fato de encontrar velhos conhecidos. As mortes corriam para todos os lados — *elas também têm suas emergências* — recolhendo almas esperançosas e chiliquentas. Alguns se davam ao trabalho de levar o paciente--morto até o outro lado.

Mas o pior estava por vir. O trâmite burocrático criava uma enorme fila pelos corredores, o que demoraria uma eternidade. Tempo demais para quem aguarda uma madrugada. Precisava furar a fila, conseguir a "tinta" e sumir dali o quanto antes. Ficou surpreso ao notar que muitos colegas de trabalho também aposentaram as vestes tradicionais para algo mais atual: uns vestiam bermudas, outros, fraque e cartola.

Sua última esposa vestia um belíssimo vestido bufante, à moda dançarina de cancan — *ela continua maravilhosa*. Tratou de desviar o olhar. Não por estar bêbado, mas por não suportar o atual marido dela: um arrogante esqueleto perfumado, armado com uma foice dupla.

— Vejam só! Nosso sertanejo entre os trabalhadores — atiçou um colega que não encontrava desde o holocausto, despertando a atenção de todos, em especial da ex-mulher.

Cotton encolheu-se por trás da aba do chapéu, sem sucesso. O estardalhaço estava feito. Logo, a ex-mulher tentou conter o atual marido. Mas este também não se conteve.

— Veio visitar os amigos? Continua na tarefa tranquila?

— Tarefa tranquila? — As cervejas lhe deram uma dose extra de coragem. — Não tem nada de tranquila, seu babaca.

— Não se ofenda. — Girou a foice no ar. — Alguns têm talento para matar, outros apenas para assistir.

— Eu... eu não assisto nada. Eu levo as almas com estilo. Estilo que você nunca terá.

— Nunca? — Agitou um pergaminho, desenrolando-o pelo chão, numa lista infindável de nomes. — Cumprimente a civilização asteca, meu caro. Eu capturo guerreiros e lutadores. Você abocanha derrotados... E quem disse que os opostos se atraem, não é? — Buscou o assentimento da esposa enrubescida.

— Bem... pelo menos o meu pinto não está morto.

Aquilo foi demais para o alto esqueleto. Todos da fila foram tragados pela tensão no ar. A foice cortou o corredor na direção de Cotton, que, graças à desenvoltura da embriaguez, esquivou-se, agachando e vendo a arma degolar a alma de um médico plantonista.

— Morte irregular! — uma ceifadora gorda gritou, imobilizando o atônito matador de civilizações históricas.

A esposa gritou com a confusão. A fila se desmanchou numa balbúrdia de ossos e cheiro de morte. Cotton aproveitou e, no empurra-empurra, cortou a multidão até chegar ao centro cirúrgico no exato momento em que o parto estava em curso.

O recém-nascido era erguido das entranhas da mulher — aquela era a hora, um pouco de "início de morte" fresquinho. Entre berros e choros, retirou do bolso a pena não utilizada desde os tempos imemoriais.

— É um meninão! Parabéns, mamãe! — falou o médico.

— Eu não diria isso, doutor. — Fincou a pena no cordão umbilical antes da separação. — Este garoto só vai dar desgosto. Aos 27 anos, levará a família à falência graças aos seus vícios e a mamãe aqui desejará ter feito um aborto. — Retirou a pena ungida de sangue. — Pronto, pode caminhar para a morte, pequenino. Te vejo daqui a 38 anos.

Numa chuva de xingamentos e maldições, Cotton desvencilhou-se das outras mortes para alcançar o novo suicida da madrugada.

"As moscas dormem de madrugada." A frase dita por uma carroceira na época da peste bubônica fazia todo sentido, pensava enquanto via o corpo de Joana Oliveira vazando sangue ainda quente na cama. Da janela aberta, apenas o barulho da cidade boêmia. Nada de insetos àquela hora. O estilete descansava na mão direita. Clitóris extirpado, cortes precisos na jugular, carótida e no antebraço esquerdo, além do sorriso e da venda rosa — *trepada sangrenta de uma freira com uma domina... dominatrix*. A raiva enrolou sua fala. Era a última vez que se atrasaria. Retirou a pena do bolso e desabotoou o casaco, pronto para escrever o nome da maldita num lugar especial. Ela estava no banheiro. O chuveiro foi fechado. Um suave barulho de esfregação — *está se enxugando* —, o secador de cabelos e o aspergir de perfumes para, enfim, a porta ser destrancada.

De cabelos ainda úmidos e com o corpo envolto numa toalha velha de hotel, jogou o pano molhado de forma sensual aos pés do cadáver. Um *strip post mortem*. Nua, era uma qualquer. Uma mundana qualquer. Seca e perfumada, colocou seus artigos de couro e mostrou sua verdadeira face. O rosto — *aquele maldito rosto* — sorria dentes de zíper para o espelho.

Cotton afundou a ponta da pena no peito, bem em cima do local onde os mundanos guardam o coração

— Escreverei o nome desta maldita. —

Tinha o nome de uma fruta vermelha.

A dominatrix vestiu-se com o casaco áureo. A brancura angelical contrastava com o negrume dos seus desejos. Cotton tremia com a pena em mãos, ao mesmo tempo em que ela mandava um beijo de despedida para a contente freira falecida.

— Não a deixarei ir. Ela morre aqui. — Para seu espanto, as botas de salto alto vieram na sua direção. — Eu... eu sou invisível!

A dominatrix o observou. Seu semblante de vinil sobrepunha-se ao mórbido chapéu de cowboy.

Ele cuspia raiva e digeria medo — *medo de ser dominado*. Ela olhou fundo nas órbitas vazias. A morte parou de respirar, como se precisasse de oxigênio. A mulher aproximou mais e mais a boca metálica manchada de batom da cara esquelética. Um singelo toque e o beijou de olhos bem fechados. As línguas se roçaram. Cotton deixou a pena cair no chão. Seu corpo fibrilava. Os joelhos bambearam. O seu sexo pulsava. Estava à mercê dela. E o pior de tudo era saber que estava gostando.

Ela se afastou, encarando-o, e ordenou num sussurro:
— Faça o seu melhor!
E uma fruta dominou a morte.

PETTER BAIESTORF, cineasta independente, começou sua produção no início da década de 1990 com filmes como *O Monstro Legume do Espaço* (1995), *Eles Comem Sua Carne* (1996), *Gore Gore Gays* (1998) e *Zombio* (1999). Em 2004 foi o co-autor do livro *Manifesto Canibal*, que teorizava sobre produções de orçamento zero. Na sua produção recente se destacam obras como *Zombio 2* (2013), *As Fábulas Negras* (2014, com produção de Rodrigo Aragão e co-direção de Zé do Caixão) e *Ándale!* (2017). Em 2020 lançou o livro *Canibal Filmes – Os Bastidores da Gorechanchada*, onde conta histórias de bastidores de três décadas de produção underground.

MUNDO EM FÚRIA

Petter Baiestorf

I

Adão não se cabia em alegria. Estava com um largo sorriso no rosto e os olhos brilhando, que lhe conferiam um ar de completo . O motivo de tamanha felicidade: sua esposa Eva estava em trabalho de parto. Em meio a devaneios em que se via brincando com o rebento, Adão ajudou sua esposa, que tentava controlar as contrações. Ele abraçou-a com muito cuidado e ajudou-a a sair porta afora em busca da condução para irem ao hospital. O casal sabia que deveria ter se organizado quanto ao transporte, pois moravam naquela pequena vila a 10 quilômetros da cidade, mas não imaginavam que o trabalho de parto começaria na madrugada.

Enquanto Eva bufava, respirando forte, Adão correu — gritando eufórico — até a janela de seu sogro, o vizinho e motorista que ele ansiava por acordar. Enquanto chamava pelo sogro, o futuro pai se lembrava que nunca quis aprender a dirigir porque não gostava dos automóveis. "Essas caixas de poluição ambulante", era o que costumava dizer sempre que Eva lhe indagava sobre o assunto. Eva até poderia dirigir, se não fosse pelas fortes contrações que lhe causavam dor, irritação e diminuíam seu bom humor a quase zero.

Seu sogro, um simpático baixinho cabeludo — com uma vasta calvície que rivalizava, de maneira bizarra, com os longos fios de cabelo quando visto de costas — apareceu na janela, já perguntando, também com semblante de bobo-alegre, se o grande momento havia chegado.

O velho careca-cabeludo retirou da garagem seu Fusca cheio de caveiras adesivadas no capô e nas laterais. Com muito cuidado, Adão ajudou Eva a entrar no adorável Fusquinha endiabrado.

Eram 2h10 daquela madrugada de 11 de março de 2011, quando o Fusca partiu em disparada. Adão segurava forte a mão de sua amada, olhando-a com ternura nos olhos. Finalmente, seu tão esperado primeiro filho iria nascer. Ter um filho era um sonho se realizando para ele, que sempre se imaginava ensinando, com carinho e amor, uma criaturinha que seria a continuidade de seu sangue, de seu nome.

Estavam todos mais tranquilos. Até Eva já respirava com mais calma. Assim que chegaram à fechada curva onde havia uma bifurcação com atalho para a cidade, Adão sacou seu celular. Naquele ponto já havia sinal de uma operadora. Assim, ele ligou para o hospital, anunciando que, em poucos minutos, iria chegar com sua esposa em trabalho de parto.

O Fusca estacionou na porta da recepção do hospital, onde duas enfermeiras já esperavam com uma cadeira de rodas para que Eva não precisasse fazer mais nenhum esforço desnecessário.

Ao ver que a dupla de agoniados homens fazia trapalhadas ao desembarcar Eva do fusca, as enfermeiras trataram de acalmar Adão e o careca-cabeludo que, apesar de seu visual de Hell's Angel acabado, era extremamente atencioso com sua única filha. Eva foi conduzida para a sala de parto e Adão a seguiu afoito, empurrando a cadeira de rodas onde ela repousava com algum conforto.

O médico que fazia o acompanhamento da gravidez de Eva e Adão não estava no hospital. O parto seria feito por um arrogante recém-formado chamado Marcelo, de quem Adão não gostava. Os dois haviam tido uma discussão uns meses antes. Numa festa, o jovem médico cortejou Eva de maneira deselegante e ainda destilou seu preconceito contra Adão, tão negro quanto o Adão original.

Para o jovem médico, era inconcebível tão adorável moça branca se apaixonar por aquele forasteiro negro. Por aquele professor com baixo salário, vindo de Porto Alegre para a pacata Palmitos, uma cidadezinha do oeste catarinense, que era povoada, em sua maioria, por descendentes de europeus. Mesmo que fossem europeus fugitivos da lei ou pobretões miseráveis, ainda assim eram europeus, na visão do jovem médico arrogante.

Adão segurava a mão de Eva, já deitada na cama onde seu filho nasceria. Viu quando o médico Marcelo cochichou algo no ouvido da enfermeira-chefe que, logo em seguida, foi até Adão para conduzi-lo para fora da sala. Sob protesto, Adão tentou permanecer. Achava lindo ver, nos filmes, como os pais acompanhavam o nascimento de seus filhos, fazendo companhia às mães. Queria muito viver aquele momento, que agora lhe estava sendo negado por capricho do jovem doutor.

Com seu olhar meigo, Eva convenceu Adão de que tudo ficaria bem. Adão se acalmou, sorriu para a esposa e saiu. Queria evitar estresse no parto.

A contragosto, Adão teve que se contentar com ficar na sala de espera, onde seu sogro estava assistindo à TV. Ficaram sabendo, naquele momento, pela televisão, que um tsunami de grande escala havia devastado algumas cidades costeiras do Japão e de outras cidades da Ásia.

Pelas imagens da TV, parecia ser muito sério. Inúmeras vítimas da violência da natureza. Apesar de alegre porque seu filho iria nascer, Adão sentiu tristeza pelo povo japonês, que acabava de sofrer uma catástrofe sem precedentes. Seu sogro abraçou-o com a ternura de uma família unida e lhe disse para que se concentrasse no nascimento de seu filho.

Os minutos foram passando e se tornando horas. Adão e seu sogro começaram a ficar preocupados. Mesmo não entendendo muito de partos, ambos tinham ideia de que não era tão demorado.

Na TV, as imagens da destruição na costa japonesa não eram uma boa companhia. As imagens agora mostravam que a usina nuclear de Fukushima havia sido atingida e que um vazamento de material radioativo era iminente. Nenhum pai quer legar um planeta completamente poluído para seu filho. Era este o pensamento de Adão enquanto esperava agoniado por notícia de sua esposa, de seu filho.

Suas preocupações foram interrompidas pelo barulho de sapatos ecoando pelos corredores desertos do hospital. Adão se levantou e foi até Marcelo, o médico que vinha em sua direção, com olhar sério e antipático. Um olhar que parecia trazer más notícias. Ou isso ou Marcelo estava com uma prisão de ventre de magnitude tão grande quanto o tsunami que acabara de acontecer do outro lado do mundo.

Os dois homens se encontraram no meio do gélido corredor hospitalar. O médico disse para o aflito Adão que tudo havia corrido bem. O parto havia demorado porque o bebê estava em posição errada. Levou certo tempo até conseguir deixá-lo na posição correta. O bebê havia nascido saudável e Eva estava perfeitamente bem, já instalada em um quarto.

Aliviado, o jovem papai foi levado até o quarto onde Eva estava com o bebê. Marcelo caminhou até o careca-cabeludo para lhe dar a notícia do nascimento do neto. Antes de contar qualquer coisa ao velho, Marcelo olhou para a TV e fixou os olhos nas imagens. O jornal noticiava que três reatores nucleares da Usina de Fukushima haviam parado de funcionar e poderiam derreter.

Quando Adão entrou no quarto onde sua amada Eva repousava com seu filho, todos os problemas do mundo haviam cessado. Adão chorava de alegria e pegou, desajeitadamente, seu filho nos braços pela primeira vez. Eva olhou-os com ternura e perguntou a Adão se iriam mesmo colocar o nome de Abel no menino. Claro! Afinal, como bons ateus, seria muito divertido que eles mantivessem aquela piada marota com a mitologia cristã. Eva sorriu.

Naquele momento, nada mais existia no mundo para Adão, Eva e seu filho Abel, nem o acidente em Fukushima.

II

Abel assoprou a vela com o formato do número sete sobre o bolo de aniversário decorado com um Bob Esponja, uma homenagem ao avô careca-cabeludo, um fanático pelo desenho animado, que havia falecido quase um ano antes.

Adão e Eva haviam se mudado para Porto Alegre, para perto da abastada família de Adão. Eva aceitou emprego numa empresa de engenharia eletrônica e Adão voltou a lecionar na UFRGS.

Como o fogo não havia se apagado no primeiro sopro de Abel, o menino encheu novamente seus pulmões de ar e soprou forte. Sob aplausos de toda a família, a vela foi apagada.

Depois de comer, a criançada desceu para a área da piscina do prédio onde Adão e Eva residiam. Os adultos ficaram no apartamento do segundo andar para beber alguns drinks e conversar sobre os assuntos atuais. O principal assunto era a violência que estava aumentando consideravelmente, sem um motivo real, no mundo inteiro naquele mês de março de 2018. Nos primeiros dias de março, começaram focos de violência em várias partes do mundo, mesmo em países de tradição pacífica, como Islândia e Dinamarca, onde explosões de loucura com mortes e alto índice de suicídios haviam sido registrados.

Ali mesmo, em Porto Alegre, o próprio casal Adão e Eva notava as pessoas cada vez mais nervosas, brigando por nada. Suicídios eram cometidos no centro da cidade.

Enfim, parecia que a humanidade inteira estava se matando em um ódio irracional. Os milhares de anos de desigualdade social e preconceitos estavam eclodindo numa onda de extrema violência nunca antes vista na história humana. Ninguém encontrava explicação racional para aquilo.

O casal de anfitriões estava servindo nova rodada de drinks quando ouviram uma gritaria do lado de fora. Parecia vir da piscina do prédio, dois andares abaixo, onde as crianças estavam. Eram gritos infantis, misturados a gritos histéricos de adultos. Havia choro e pavorosos gritos de dor. Todos largaram seus copos e desceram correndo na direção do som.

Ao chegar à piscina, Adão e Eva experimentaram o maior horror que já haviam sentido na vida. Abel estava deitado em meio a muito sangue. Seus jovens priminhos devoravam-no vivo. Abel gritava de dor a cada naco de carne que era arrancado pelas mordidas famintas e raivosas.

Adão, mais sensível para sangue do que sua esposa, desmaiou diante daquele pavor. Eva, mais acostumada a situações de tensão, partiu contra as crianças que devoravam seu filho, jogando-os violentamente para longe de Abel.

As crianças estavam ensandecidas. Os adultos tentavam fazer aquela loucura parar, mas as crianças metiam seus dentes de leite no primeiro naco de carne viva que lhes cruzava o caminho.

Livre dos miniagressores raivosos, Eva pegou Abel em seus braços e correu até seu carro, o adorável Fusquinha endiabrado de seu pai, que ela havia mantido com a família. Colocou seu filho, inerte e silencioso, no banco traseiro. Queria levá-lo ao hospital da Santa Casa de Misericórdia, que ficava a alguns minutos dali.

Eva não encontrava explicação para o horror que acabara de presenciar. A violência irracional que assolava o mundo havia alguns dias chegou à sua família.

Eva ainda chegou a sair com o carro, mas percebeu que Abel estava morto. Ela foi até o banco traseiro, abraçou-o forte e chorou muito. Daquele momento em diante, sua vida tinha perdido qualquer sentido. Eva estava tão absorta em suador que nem percebeu uma poética e macabra chuva formada por corpos de suicidas que despencavam dos mais altos prédios e se estatelavam no asfalto quente, com suas vidas esvaindo-se no baque seco do encontro dos corpos com o chão. O asfalto sob o adorável Fusquinha endiabrado tingia-se de vermelho-sangue, enquanto a vida de Eva se tornava negra e ela ficava desprovida da vontade de continuar vivendo.

III

Quando Adão acordou de seu desmaio, não conseguia saber direito o que havia acontecido. Olhou para as águas da piscina e reconheceu o corpo de seu jovem sobrinho boiando sem vida.

O irmão de Adão, ajoelhado na borda, chorava enquanto segurava uma faca suja de sangue. Tinha usado a lâmina para matar seu filho enraivecido, que tentava devorar quem quer que fosse. Antes que Adão pudesse falar qualquer coisa, seu irmão afundou a faca na própria jugular e despencou, em espasmos, nas águas da piscina.

Era loucura demais. Adão levantou-se do chão e viu seus familiares, ou o que restou deles, chorando em desespero. Seus olhos buscaram Eva e Abel sem encontrá-los. Em meio ao caos, encontrou seu pai, um juiz aposentado do Supremo Tribunal, que tentava estancar o sangue que vertia da testa de sua esposa, mãe de Adão. Com um lenço retirado do bolso, Adão ajoelhou-se ao lado de seus pais e limpou a testa da mãe. Seu pai lhe contou que Eva havia levado Abel às pressas para o hospital e que ele também pretendia levar a mãe de Adão.

Adão se levantou, junto dos pais, sem prestar atenção ao caos absurdo ao seu redor. Ele estava ao lado dos dois quando uma pesada geladeira caiu sobre o abastado casal de velhos, esmagando-os.

Adão, sujo de sangue e pedaços de ossos de seus pais, não teve reação alguma. Sua atenção, no entanto, se voltou para os gritos que vinham da janela do quinto andar, onde estava o dono da geladeira. O homem estava em pé sobre o parapeito da janela e batia a cabeça violentamente contra a parede. Adão viu quando o homem se desequilibrou e despencou daquela altura, fundindo-se com o chão, transformando-se numa massa não uniforme de carne sem vida.

Num estado de letargia profunda, Adão caminhou até a rua. Ele continuava vendo atos de violência irracional, mas seu cérebro parou de registrar os sons, os gritos de horror, os barulhos do caos que eclodia por todos os lados. Adão seguiu caminhando, inconscientemente, em direção à Santa Casa de Misericórdia. Caminhava sem perceber os carros batidos ou em chamas que se amontoavam pelas ruas, sem perceber os corpos desfigurados pelo chão, sem perceber as brigas violentas que ocorriam a poucos metros de si.

Ele ignorava completamente os moribundos que agonizavam sob seus pés. Adão só caminhava e caminhava. O estranho silêncio produzido por seu cérebro parecia querer lhe proteger da loucura externa. Ele só queria achar sua esposa e seu filho e fugir com eles para qualquer lugar que lhes oferecesse segurança.

Caminhava sem rumo no momento em que um som explodiu em seus ouvidos. Era alto e tinha uma força indescritível. Antes que um caminhão-tanque desgovernado passasse sobre Adão, uma pessoa empurrou-o e ambos rolaram para a calçada. Aquele caminhão, que por pouco não atropelou Adão, bateu em carros em chamas e explodiu, carbonizando tudo à sua volta.

Ainda caído, Adão recobrou os pensamentos e viu seu salvador: um quarentão vestindo jaleco, onde se lia "Clínica Odontológica Dreher e Filhos".

Adão havia sido salvo por um assustado dentista-herói. Os dois homens se levantaram e, antes que Adão pudesse agradecer, avistou o Fusca de sua esposa parado logo à frente. Ele correu até lá. Sua preocupação aumentava a cada passo, porque já percebia que Eva não estava ali. Ao chegar ao lado do Fusca, o horror!

O horror!

O horror estampou a face de Adão no momento em que enxergou seu filho morto no banco traseiro do carro. Ele vomitou tudo o que havia comido na festa de sete anos de seu filho, que agora estava ali deitado, frio e sem vida, no banco traseiro daquele adorável Fusquinha endiabrado.

Após vomitar, Adão olhou novamente para o cadáver de seu filho e fez o que melhor sabia fazer numa situação de tensão: desmaiou.

IV

Adão abriu os olhos. Não sabia quanto tempo havia ficado desmaiado, mas percebeu que já era noite. Estava em um local estranho. Tudo estava em silêncio, mas, esporadicamente, o silêncio era cortado por algum grito de desespero vindo da cidade, ou uma explosão, ou algum tiro, ou algum alarme de carro. O caos havia tomado conta da cidade de Porto Alegre.

Adão sentou-se na cama e viu quando a chama de um isqueiro iluminou o local. Era o dentista-herói acendendo seu último cigarro. Ele viu que Adão havia acordado.

Então, ele se apresentou e deixou Adão a par dos últimos acontecimentos. O bom homem o havia carregado para dentro do primeiro prédio que encontrou aberto e, depois, para aquela quitinete desconhecida, onde agora se protegiam.

Contou que, antes da energia elétrica ser cortada na cidade inteira, havia pregado a porta que dava para o corredor, por segurança. Alertou Adão, por fim, para que não entrasse no banheiro porque alguém, possivelmente o dono do lugar, havia se suicidado lá.

Adão só queria saber o que estava acontecendo com todo mundo. O dentista não tinha nenhuma teoria formada sobre aquilo. Tudo havia acontecido de forma rápida demais. Mas ele contou que, enquanto seu iPhone ainda tinha sinal de internet, pôde ver as notícias. A violência irracional estava acontecendo no mundo inteiro. Parecia que aquele padrão se mantinha em todos os lugares do mundo. Primeiro, as crianças se descontrolavam e eram acometidas por impulsos suicidas ou ímpetos homicidas. Em seguida, grupos religiosos começavam a ficar violentos e aí, o pior: as forças armadas dos países não conseguiam organizar a defesa porque seus militares começavam a matar a esmo tudo o que se movesse.

As grandes cidades já estavam mergulhadas no caos e o restante da população, aos poucos, estava sendo acometida pela loucura também. E assim, em pouco tempo, a humanidade estava se matando sem motivo aparente. Segundo o dentista, os cientistas haviam levantado a hipótese de ser uma catástrofe provocada por algum organismo desconhecido. Mas ninguém tinha certeza de nada. Era tudo recente demais para qualquer tipo de conclusão. A humanidade havia sido lançada à própria sorte.

Adão e o dentista não sabiam explicar por que não tinham sido acometidos por aquela loucura. Adão, muito inquieto, só queria tentar encontrar a esposa. O dentista, mais racional, queria que ficassem ali, descansando até o amanhecer, quando seria possível sair às ruas com a luz do dia. O dentista também tinha certeza de que Adão nunca mais veria sua esposa, mas achou desnecessário fazer essa observação.

O dentista ofereceu um copo de cachaça que havia encontrado na quitinete, o qual Adão aceitou. Seria bom um gole para relaxar o corpo e, então, talvez tentar descansar para o dia seguinte. Os dois homens ficaram em silêncio e beberam toda a cachaça, que os fez dormir.

V

Adão ainda dormia profundamente por conta dos generosos goles de cachaça quando uma estranha voz invadiu seus sonhos. Essa voz não se traduzia em palavras. Parecia ser uma força telepática não-humana querendo parasitar no seu cérebro e, assim, comandar suas ações.

Mesmo dormindo, sentia que essa voz-parasita estava se apossando dele, estava tomando o lugar de seu livre-arbítrio. Adão relutava em ceder, mas a voz-parasita se tornava cada vez mais pungente, mais forte. Ela penetrava em seu cérebro como se o estivesse estuprando, explodindo primeiro com seu bulbo, em seguida causando uma espécie de descarga elétrica nos neurônios, que colocava toda a racionalidade em curto-circuito.

Adão, ainda dormindo, sentia a voz-parasita deteriorando seu cérebro, bagunçando todas suas ideias lógicas. Acordou com o olhar da violência irracional estampado em seu rosto. Levantou-se repentinamente. A voz-parasita comandava suas ações. Adão não tinha nenhuma outra opção além de obedecer. Assim, saltou com sede de sangue sobre o dentista que antes lhe salvara a vida.

Antes mesmo que o infeliz se desse conta do que estava acontecendo, Adão mordeu-lhe a garganta, arrancando o esôfago. O dentista acordou com a dor, gritando assustado, enquanto sua retina registrava o raivoso Adão mastigando um pedaço de sua carne.

Adão, completamente dominado pela voz-parasita, sentia o prazer inominável de não pensar. Seguia os comandos daquela voz e só. Adão não era mais um ser racional. Agora já não se importava mais em achar sua esposa, não se importava mais com seu filho morto, nem com seus pais. Não se importava com mais ninguém. Era agora um animal praticante da violência irracional. Queria machucar, matar, destruir outros humanos. Adão obedecia àquela estranha voz-parasita que o fazia ter impulsos homicidas, misturados à vontade de se machucar, de se aniquilar. Apenas uma coisa estava clara nos pensamentos confusos da cabeça de Adão: a humanidade precisava ser extinta!

VI

11 de março de 2011.

Um tsunami, provocado por um maremoto de magnitude 9.0, atinge a costa do Japão e de outros países da Ásia. Ainda no dia 11, três dos seis reatores nucleares da Usina de Fukushima são danificados e derretem por completo. Com as estruturas da usina comprometidas, nos dias seguintes grandes proporções de material radioativo vazam para o mar, contaminando primeiro o Mar do Japão e, em seguida, todo o Oceano Pacífico.

As autoridades do mundo falam que está tudo bem.

Lentamente, a contaminação nuclear viaja junto com as correntes marítimas e contamina todo o Oceano Pacífico. Em agosto de 2013, acontece um novo vazamento de água contaminada de tanques da Usina de Fukushima. O Oceano Pacífico recebe nova carga de material radioativo, que logo se espalha, unindo-se ao resto dos resíduos tóxicos descarregados nos oceanos todos os dias pelas populações de todas as nações.

As autoridades do mundo falam que está tudo bem.

Em 2014, o Oceano Pacífico começa sua metamorfose. Aos poucos, graças às generosas doses de material radioativo, sua mutação está concluída até o final do ano seguinte. O Oceano Pacífico se torna o cérebro, com consciência, do planeta Terra.

Nenhuma autoridade percebe essa mutação.

O molhado e pulsante Oceano Pacífico se transforma numa gigante rede de neurônios pensantes. Num cérebro consciente do planeta Terra. Agora, o planeta percebe que precisa se livrar de seu inquilino mais abusado e inconsequente.

Assim, aprimorando suas faculdades mentais, o Oceano-Cérebro começa a testar, bem aos poucos, seus poderes telepáticos. Primeiro consegue dominar crianças. Logo em seguida, consegue comandar adultos de baixo QI. Daí para o comando de fanáticos religiosos e militares foi fácil, já que estes são treinados para obedecer às mais absurdas ordens. E, assim, o planeta Terra passa os próximos anos testando e experimentando sua telepatia.

Em março de 2018, o planeta Terra está com seu Oceano-Cérebro poderoso o suficiente para colocar em prática seu plano de extermínio da praga-homem. E assim o faz.

Breve, muito em breve, o último humano, mesmo que tenha um super QI de gênio, tombará sem vida. Todas as carcaças humanas irão apodrecer e adubar o planeta Terra, que continuará sua órbita ao redor do Sol, feliz e consciente de que se livrou do pior parasita de todos os tempos.

MELVIN MENOVIKS, pseudônimo literário de Gustavo Lopes Perosini, Melvin é o autor dos livros *O Chamado das Trevas* e *A Caixa de Natasha e Outras Histórias de Horror*. De modo independente, escreveu e dirigiu o curta-metragem de terror surrealista *Somnium*, gravado nas misteriosas ruas desertas de Tabapuã-SP, cidade em que nasceu. Além de buscar romper as sombrias fronteiras do desconhecido, nas horas vagas gerencia a página www.melvinmenoviks.blogspot.com.

Sobreviventes

Melvin Menoviks

Deixando para trás mais um vilarejo ressecado, exaurido de mantimentos líquidos e sólidos, dominado já pela viscosidade do chorume e pela negridão dos bolores, Pai e Filho caminhavam. Nas intermináveis estradas de chão trincado, assombradas por oscilações irreais de vapores combustos no horizonte, avistavam, aqui e ali, manchas brancas pontudas, muitas vezes cercadas por um alvoroço de seres escuros que grasnavam: carcaças e ossadas, por completo descarnadas, de animais mortos pela sede e pela fome; urubus fracos e adoecidos, tão esqueléticos quanto seus banquetes, brigando entre si por um fiapo de cordão de tripa mole.

Não sabia que aves podiam ser tão agressivas, o Pai pensou consigo mesmo ao ver um urubu-de-cabeça-preta sendo machucado aos arranhões por um de seus semelhantes, o sangue empapando a penugem negra, maltratada, raleada a ponto de deixar à mostra grandes partes da pele branca amarfanhada. A pelanca estava pálida e enferma, marcada por vermelhidões de carne viva pustulenta com pontinhos asquerosos que eram bigatos roendo desde já o que em breve lhes pertenceria por inteiro. Assim como o que eles, Pai e Filho, em pouco tempo seriam também: repasto inerte de bactérias, fungos e protozoários em corrosão. Cadáveres tomados por um enxame de minúsculos seres saprófitos, repugnantes, hediondos: talvez os últimos viventes sobre a Terra.

N'algumas partes da vasta extensão da várzea ressequida, restos até dos próprios urubus eram avistáveis, eles mesmos tornados carniça aberta. O Pai se questionou se ele e o Filho não poderiam se alimentar daqueles restos carnosos, e pensou até em correr para apanhar para si um punhado das vísceras expostas, mas não precisou pensar por muito tempo, porque logo outras aves vinham se alimentar e então não sobrava mais nada além de ossos e penas e manchas de sangue que num segundo eram absorvidas pelo solo sem vida.

Será que morreríamos se comêssemos isso igual aos urubus? Provavelmente sim. Lembre-se das doenças, dos bigatos. Lembre-se de quando vocês tentaram comer o fígado de uma dessas aves imundas e o menino cuspiu sangue durante três dias sem parar. Além do mais, fraco como está, você nunca conseguiria capturar uma delas, mesmo se quisesse.

Não importava. Se tivessem a oportunidade, comeriam até lamber a espinha. Comeriam até coisas piores.

A fome lhes apertava o estômago com mais força do que uma cólica intensa seria capaz de fazer. Quando o Pai olhou para trás para se certificar de que o Filho o acompanhava na andança, sentiu uma mistura de pena e asco; uma sensação que já lhe era familiar, mas que jamais se abrandava, antes se intensificava, com a frequência cotidiana. A visão era terrível: um esqueletinho cambaleando dentro de trapos imundos, rasgados, os olhos quase fechados, um horror. A cabeça, mais pesada do que o corpo, pendia para um lado e para o outro, como se guiando seus passos entrecruzados de anêmico entorpecido pela fome e pelo calor. Embora sentisse raiva — raiva imensa: do mundo, da caatinga, do sol, de si mesmo e, acima de tudo, da Catástrofe —, a compaixão que sentia pelo Filho era maior, e mais dolorosa, do que qualquer sentimento imaginável. O inconformismo era persistente: como uma criança forte e saudável podia, em pouco menos de um ano e meio, ter se tornado... aquilo?

Pois as coisas nem sempre foram assim. Antes da Catástrofe, o Filho era sadio e alegre, não um fóssil ambulante. Antes da Catástrofe, o mundo era um lugar bonito, aprazível, e não um deserto estéril pelo qual poeira e plantas mirradas rolavam soltas com as lufadas quentes do vento da morte. Antes da Catástrofe, o mundo tinha carros e prédios e luzes e alegria. E feiras e mercados. Muitos mercados com muita comida e bebida. E fast-food, como hambúrgueres e batatas e bacon e...

— Papai, é hoje que nós vamos morrer?

— Não, filho, nós não vamos morrer.

— Mas eu estou com muita fome... A gente não tem mais nada...

— Vamos encontrar comida, filho. Aguente firme.

— Os homens maus estão atrás da gente?

— Não, eles não estão. Não fale sobre isso.

— E Eldorado? Ela está muito longe? Acho que eu não consigo mais andar.

Os urubus que ainda conseguiam voar rodopiavam lá no alto sobre suas cabeças. Afora o som dos passos dos perpétuos andarilhos e os gritos de fome das aves à distância, apenas silêncio e uma terrível opressão que parecia sonora sendo emitida dos anéis concêntricos dos intensos raios do sol.

— Faltam mais alguns quilômetros, meu filho. Aguente firme.

O Pai sabia que Eldorado não existia, mas, se ele não inventasse nenhuma cidade para a qual ir, nenhum destino ou objetivo a alcançar, o que faria o Filho continuar se arrastando por aquele descampado sem fim em busca de alimento? O que o faria continuar perambulando por uma terra que havia se tornado adoecida, e depois moribunda, e que talvez não contivesse mais nem um grama de nutrientes? Nem o Pai sabia mais por que continuar, em vez de simplesmente dar um fim a tudo, mas seguia em frente pelo mundo-ruína assim mesmo. Em algum lugar minúsculo e absconso dentro dele talvez houvesse, escondida debaixo de espessos véus de teia de aranha, uma lasca quase esquecida de esperança.

— Ali. Lá na frente tem uma casa. Talvez encontremos comida lá dentro. Vamos.

Em vez de sorrir e correr ansioso, o Filho apenas levantou a cabeça lentamente, cansado, e, com os olhos entreabertos para se proteger do sol, ou talvez porque não conseguisse abrir as pálpebras mais do que aquele tantinho mínimo, tentou avistar a casa, mas só enxergou um ponto desfocado no borrão oscilante do horizonte inflamável.

Arrastaram-se por um tempo que não pode ser computado em horas ou minutos, mas apenas em níveis de sede e cansaço. As mentes de

Pai e Filho entravam e saíam da realidade, como se vagueassem a esmo por um terreno de sonhos ruins. Alucinações diversas misturavam-se com o mundo real e, quando estavam próximos da casa, o Pai acreditou ter visto um agrupamento de aves rapineiras rasgando o couro de um gado gordo, expondo quantidades despropositadas de carne fresca, o que fez com que sua boca se enchesse de uma saliva que ele não sabia que ainda existia.

Com o estômago não tendo recebido um único grão de comida em treze dias, o Pai olhou para o Filho, estudando-lhe a compleição física. Apesar de esquálido, ainda havia uma banhazinha ou outra pendendo nos braços e na barriga... A coxa parecia até um tanto grossa, e os músculos, embora pequeninos, talvez servissem para...

— O que foi? — perguntou o menino, assustado. — Por que você está me olhando desse jeito?

— Hã? O quê? — sobressaltou-se homem, ainda mais assustado do que acriança, como se despertando de um pesadelo em que estivesse face a face com o diabo. — Do que você está falando?

— Seu olhar... Por que você está me olhando desse jeito?

— Que jeito?

— Esse jeito estranho.

— Não sei do que você está falando.

Ficaram quietos, mas o homem suava frio. Seria possível que o Filho estivesse ouvindo seus pensamentos?

Deus do céu, de onde surgiram aquelas ideias abomináveis? Ele precisava afastá-las da cabeça. Não era a primeira vez que elas se insinuavam. Eram absurdas, mas perigosas. Sua mente não estava em ordem. Ele precisava parar de pensar naquilo. Devia fazer algo a respeito.

Talvez fosse a insolação que estivesse mexendo com a sua cabeça. Insolação e sede. Sede e fome. Sim. Era isso. Os pensamentos não eram dele, mas de algum demônio conjurado nos coágulos sanguíneos que explodiam em erupção com o calor incidindo sobre sua testa, ou talvez de um gnomo sádico-brincalhão que lhe apertava as tripas e arranhava o esôfago para que ele sentisse uma vontade insuportável de comer. Fosse como fosse, ele precisava controlar aqueles pensamentos. E eles tinham de encarar a realidade.

Caminharam.

Minutos mais tarde, superaram a cerca da propriedade que antes era só um ponto no horizonte, um segurando o arame enferrujado para o outro poder passar pela abertura. Cansados, reclinaram-se por alguns segundos e deram breves goles de água na galocha que, junto com o facão e a bolsa com travesseiro e lençol, constituía a única bagagem que carregavam. Foram até a varanda da casa humilde de barro em que outrora havia residido um casal de negros idosos, trabalhadores rurais tementes a Deus, e, na sombra, pela primeira vez naquele dia perceberam como sua pele estava dolorida, lustrosa de tão queimada em algumas partes; noutras, com triste aspecto envelhecido e emurchecido.

Pai e Filho se entreolharam, mutuamente decepcionados com as feições abatidas, a ausência de bochechas e os olhos encovados. Sorumbáticos. Severos. Apenas uma sombra do que costumava ser a vida.

Mas aquela não era hora para se preocuparem com aparência. Precisavam comer.

Entraram na casa e reviraram seus dois pequenos cômodos. Na cozinha, apenas vasilhames velhos e talheres enferrujados e móveis vazios e poeira seca. Mas a mente do Pai, incitada pelo fogão e pelas panelas de aço, foi invadida por imagens e aromas de feijão com caldo grosso, bifes suculentos com bastante gordura, toucinhos crocantes, galinhadas generosas, leitoas quentinhas, calabresas aceboladas, picanhas, temperos, saladas, lombinhos e linguiças. Olhou para o Filho de novo, avaliando-lhe o peso.

— Vamos embora, papai. Não tem nada aqui. Talvez na próxima cidade.

Mas o Pai sabia que o povoado mais próximo ficava a pelo menos nove quilômetros dali. Eles não conseguiriam chegar até lá. E, mesmo se chegassem, o lugar era tão pequeno que seria praticamente impossível encontrar nem que fosse a metade de um repolho apodrecido esquecido no fundo de uma lata de lixo. O que quer que houvesse de comida por lá, já deveria ter sido devorada por pessoas que já poderiam ter morrido. Ou por outros andarilhos sobreviventes que, como ele, pelejavam dia a dia contra o vulto sempre próximo da inanição.

Sem pronunciar palavra, saíram do casebre mais famintos do que entraram.

Mais à frente encontraram nova casa desprovida de alimentos, mas essa tinha um poço artesiano no fundo e eles puderam tomar longos goles de uma água quase fresca e apenas um pouco emporcalhada. O Pai acreditou ver um sorriso débil se formar no rosto do Filho, mas, no segundo seguinte, olhando para aquela face descolorida e de olhos cansados, chegou à conclusão de que fora apenas um desatino.

Encheram a galocha e partiram rumo a Eldorado.

Caminhavam. O Pai sentia o estômago apertar a ponto de ter ânsias de vômito. Mas o que ele iria vomitar, se não havia nada dentro dele? Vomitaria poeira? As próprias tripas? O esôfago?

A dor era forte demais, e ele tinha que lutar para não arrancar os próprios lábios a mordidas e engoli-los para saciar o pouco que fosse a fome. Suas pernas estavam fracas, e ele precisava comer alguma coisa.

O menino tropeçou, debilitado. O Pai o agarrou e o colocou sobre os ombros, que pareciam prontos a furar a mortalha bamba que era sua pele. Fazendo isso, apalpou bem os braços e as pernas do menino, que ainda estavam um tiquinho macios.

— Pai, será que se eu cortar minha língua fora a gente pode comer?

— Não diga bobagens, meu filho. A gente vai achar comida já, já. Aguente firme. Um dia vamos chegar a Eldorado e haverá um banquete nos esperando, com frango e leitoa assada.

Entraram em outro casebre abandonado ao longo da estrada e não encontraram nada pra forrar o estômago. O calor era intolerável, com seu mormaço capaz de fazer enlouquecer o mais lúcido dos homens. Pai e Filho encontraram, no que meses antes havia sido um jardim, um punhado de capim meio amarelo, meio esverdeado. Coisa rara. Dividiram a porção exatamente na metade e cada qual comeu a cota que lhe cabia. Ao invés de alimentá-los, o jantar improvisado só fez aumentar a fome dos corpos definhados.

Como o mundo podia ter se tornado esse forno que esvai almas e degringola vidas? Por que as rosas e crisântemos se tornaram capim seco?

Por que o Filho, inocente, se tornou mais a caricatura grotesca de um quadro de retirantes do Portinari do que o jovem robusto e inteligente que poderia ter sido, que *deveria* ter sido, se não tivesse ocorrido a Catástrofe?

O sol se punha. O calor ia embora para dar lugar a um frio que era como um fantasma.

Esgotados, neurastênicos, deitaram-se na varanda do último casebre. O Filho assoviava uma canção triste. Talvez a última canção a ser ouvida sobre a Terra.

Dormiram.

O Pai acordou com a primeira rutilância da madrugada. Acreditou estar sendo atormentado por vultos e avejões terríveis, mas eram só os resquícios de seus pesadelos o perseguindo no mundo desperto.

O Filho dormia recurvado sobre a cadeira de madeira carcomida. Uma salienciazinha se delineava na barriga dobrada.

O estômago do Pai rugia. Monstros ensandecidos dentro dele urravam por carne.

O Pai andou pelo entorno da casa, tentando afugentar os demônios, e encontrou um barracão que servia para guardar grãos, mas não havia nenhum grão lá dentro. Voltou e o Filho ainda dormia.

Pelos seus cálculos, fazia mais de doze horas que o Filho dormia.

Voltou para o barracão, como se algum grão pudesse se materializar do nada só porque dessa vez ele estava procurando com mais vontade. A fome se intensificava, mas em lugar nenhum havia comida.

Voltou à varanda e o Filho ainda não havia acordado.

A fome crescia como se estivesse prestes a se corporificar.

Não havia mais como negar os fatos: ele precisava se alimentar, e logo, senão morreria.

Tomou um gole da galocha e passou um pouco de água sobre o rosto, o qual ele chacoalhou com força, obrigando os pensamentos a se afastar, a irem para outro lugar.

Segurou a cabeça com as duas mãos pressionando as têmporas, o rosto avermelhado, suado, contorcido no esgar de uma dor que ele só acreditava existir no Inferno. Ou talvez nem lá.

Não posso, não posso, não posso.

O Filho dormia com uma placidez incompreensível na face.

Não. Isso não. Não posso fazer uma coisa dessas.

O Pai, caído de joelhos na frente do Filho que dormia, encarava-o com a cabeça a ponto de explodir, a angústia estourando-lhe os miolos, fritando-o por dentro do crânio, os dentes tão apertados que faziam a gengiva sangrar.

O que eu me tornaria se fizesse isso? É possível que exista um ser assim tão repugnante dentro de mim?

Porque o Filho simplesmente não acordava e saía correndo, pondo um fim nessa angústia?

A Criatura dentro do Pai arranhou-lhe o esôfago, desesperada.

Lembre-se das histórias. Algumas pessoas só conseguiram sobreviver porque fizeram isso. Você não tem que relutar. É inevitável. Se não for assim, os dois vão morrer. Você sabe disso. É assim que é. Ou um sobrevive ou os dois morrem. Não há outra escolha. Faça sua decisão. Mas faça rápido, enquanto ele ainda está dormindo, senão vai ser pior. Se não for enquanto ele dorme, você vai ter que encará-lo acordado, vai ter que vê-lo sofrer. Se for agora, será indolor. Será um favor que você faz para ele. Ele não vai saber o que aconteceu e se verá livre desse suplício. Ele não sentirá mais fome, nem sede, nem calor. E ele irá para um lugar melhor. Sim, com certeza irá para um lugar melhor.

E você ainda vai ter uma chance de sobreviver. Talvez você até chegue a Eldorado. Por que não? Ninguém nunca disse que não existe uma Eldorado. E lá você vai ter comida e bebida em grandes banquetes. Terá até mulheres. Lembra-se delas? Pois tudo o que você tem a fazer é ir em frente. É só libertar o garoto e repor suas energias.

O facão que ele carregava não era tão bom para o trabalho que ele tinha pela frente, mas a faca serrilhada encontrada na cozinha faria o serviço. Com ela, o Pai começou a serrar. Cortava com força para partir tanto a carne quanto os músculos e os nervos. E cortava rápido, antes que sua coragem esmaecesse. Não se importava tanto com o sangue que escorria em profusão. Evitando pensar no que fazia, arrancou nacos e mais nacos de carne vermelha. Carne suficiente para algumas refeições. O bastante para manter alguém vivo por mais de uma semana. No fim de tudo, tentou limpar o sangue, que não parava de vazar, e guardou toda a carne fresca dentro de uma sacola grande de plástico.

As lágrimas eram tantas que ele nem precisaria de tempero para salgar a carne.

O brilho mortiço de um sol doloroso dava a tudo um ar de irrealidade. Memórias tormentosas sugeriam o lapso de um delírio no purgatório. Poeira se levantava com o baforar adoentado da Mãe-Terra. Na seca infinita, grunhidos e estertores de um mundo mudo.

— Filho, você se lembra de quando eu te disse que nós não éramos os únicos sobreviventes?

— Lembro. Você disse que também havia os homens maus e que a gente precisava se esconder deles.

— Isso. Muito bem. Agora preste atenção.

— O que foi, papai? Oque aconteceu?

— Escute. Não há tempo para muita conversa. Preste atenção. Eu encontrei um desses homens maus enquanto você dormia e a gente brigou feio. Eu consegui vencer a luta, mas ele também me acertou e agora eu estou sangrando. O papai está ferido e não vai conseguir mais te acompanhar até Eldorado. Mas eu peguei uma coisa que o homem mau carregava.

— Mas, pai...

— Shhh. Quieto. Me escute. Já disse que não temos tempo, apenas preste atenção. — O Pai lançou-lhe um olhar severo e o Filho obedeceu com medo, muito medo. Os olhos do garoto estavam apertados em aflição imensa e sua testa estava retorcida em traços vincados de desespero e preocupação. — Faça exatamente o que eu mandar, está me ouvindo? Exatamente o que eu mandar. — O Filho balançou a cabeça, quieto, obediente. — Eu consegui pegar essa sacola que o homem mau carregava. É carne de porco. Não está tão velha, ainda dá para comer. Você lembra como se faz uma fogueira, não lembra? Igual eu te ensinei.

— Lembro, mas...

— Ótimo. Leve essa carne para você. Eu vou ficar por aqui. Agora corra antes que mais homens maus venham atrás da gente.

— Mas e você? Não posso te deixar aqui.

— Apenas me obedeça. Corra. Leve a carne, a galocha e o facão.

— Não posso te deixar aqui, pai.

— Corra! Vá! Estou ordenando!

— Não!

— Os homens maus estão vindo! Corra!

O Filho tentou puxar o Pai, mas ele era pesado demais para suas forças. O corpo tombou, sangrando, e ele só conseguiu escutar o último sussurro porque sua audição estava condicionada a ouvir a voz do Pai. Nenhuma outra pessoa do mundo teria compreendido ruído tão baixo:

— Corra, meu filho. Os homens maus estão vindo. Corra e leve a carne e a galocha com você. O papai não pode mais te acompanhar. Busque Eldorado. Corra. Eu te amo.

Acreditando ouvir o tropel dos passos brutos dos homens maus, o Filho correu, a visão embaçada pelas lágrimas abundantes.

Correu em direção a Eldorado.

O Pai, quase morto, olhou para trás, de onde nenhum homem mau vinha, e depois olhou para o horizonte, rumo ao qual o Filho corria, onde talvez pudesse existir, ou vir a existir, alguma terra chamada Eldorado.

Em seguida arrancou a roupa que lhe cobria o corpo e, enquanto o sangue escoava, olhou para todos os cortes de onde havia retirado vários quilos da própria carne.

E então tudo ficou frio, e depois escuro, e depois em paz.

FRANCISCO VERCADA *Esta é uma homenagem póstuma a Francisco Vercada (1941-2017), especialista em literatura gótica. Ele morreu durante o processo de edição desse livro. Vercada foi convidado para prefaciar esta antologia e ele aceitou de bom grado, só fazendo uma exigência: ler todo o livro antes de escrever o texto. No dia 14 de julho de 2017, Vercada deixou este mundo, vítima de um mal súbito em sua casa. No e-mail do editor, chegou uma mensagem do finado no dia seguinte à sua morte, um atraso que foi atribuído a algum problema no servidor. Na mensagem, não havia um prefácio, mas esse estranho texto que publicamos acima. Apesar de não ser um prefácio, resolvemos publicá-lo como um conto bônus. Descanse em paz, velho amigo.

Ela Vem

Francisco Vercada

(conto bônus, *in memoriam*)

Já é noite. Eu sei que ela vem.

Não preciso chamá-la, ela simplesmente vem me visitar.

Não me lembro muito bem de quando isso começou. Só sei que ela vem todo santo dia. Basta anoitecer e as luzes se apagarem. Talvez seja este livro, que, numa noite de luzes apagadas, resolvi ler em voz alta, iluminado apenas por uma vela. Talvez sejam estes contos, que, de alguma forma, a atraíram para cá.

De início, era apenas uma voz ecoando dentro do meu armário de vez em quando. Então, ela começou a aparecer. Aparecia algumas noites da semana, depois todas as noites da semana.

Já era tarde quando percebi que ela não se contentava apenas em aparecer. Ela queria mais. Ela queria ficar ao meu lado.

Quando pedi para que ela não viesse mais, ela ficou violenta. Queimou minha pele com seus dedos em brasa. Machucou meus braços, minhas pernas. Disse que nunca mais ia me deixar e que ficaríamos juntos para sempre. Na verdade, agora quando ela chega não posso negar que até sinto algo como uma satisfação doentia. Afinal, ser desejado a ponto de fazer alguém como ela vir até aqui, seja lá de onde ela vem, é, no mínimo, excitante.

O que estou falando, afinal? Ela quer acabar com a minha vida. Suga-me, devora-me. Quando ela entra, o tempo para, ela me revira de dentro para fora. Eu sinto que vou sufocar. Mas, ao mesmo tempo, sinto uma espécie de euforia, como um mergulho demorado demais ou um banho frio em dia de inverno. Um choque dentro e fora de mim.

E tem o cheiro dela... É um perfume que se transforma. De início, é um cheiro agradável, um cheiro silvestre e penetrante. Mas ele muda aos poucos, de forma sutil.

É como andar por uma floresta e sentir o cheiro de um percevejo escondido em algum lugar. Depois, esse cheiro vai ficando mais forte, mais penetrante, pior. É cheiro de coisas velhas, mofadas, mortas.

E é nesse momento, o momento em que o cheiro de podridão domina tudo, que ela fica ainda mais bonita. Terrivelmente bonita, como um prédio em chamas ou como um relâmpago.

Quando a vejo sempre me lembro do que dizia Girolamo Savonarola: "O belo é uma das máscaras prediletas do diabo". Nada tão belo pode querer o meu bem. E ela sorri. Parece ser um sorriso maquiavelicamente planejado. Um sorriso dado para que eu me esqueça do quanto ela me machuca, do quanto ela me faz mal.

Quando ela vai embora, o cheiro dela fica. Já tentei tomar dois, três banhos seguidos. Já lavei o quarto, os lençóis, mas não tem jeito. O cheiro fica impregnado no ar, nos móveis, em mim.

Se foi o livro ou não, isso agora não me importa. É tarde demais para me preocupar com isso.

Escureceu...

Sinto meu coração começar a doer, uma sensação de pavor e agonia. Uma espera e apenas um desejo: que nesta noite, só nesta noite, ela não venha.

MARCEL BARTHOLO, ilustrador, quadrinista e artista plástico, pós-graduado em Artes Visuais-Cultura e Criação. Professor em Sorocaba (SP), onde ministra oficinas de desenho e criatividade. Organiza o IlustrA – Encontro Ilustrado e o IlustrA Comic Fest, eventos voltados para os admiradores e profissionais do desenho. Publica constantemente quadrinhos desde 2016. Entre suas obras destacam-se *Carniça*, *Lama* e *Canil*, em parceria com Rodrigo Ramos; a premiada *O Santo Sangue*, com roteiro de Laudo Ferreira (HQ Mix 2019) e *A Necromante*, em parceria com Douglas Freitas, que rendeu indicações como melhor desenhista e colorista (HQ Mix e Ângelo Agostini).

NARRATIVAS DO MEDO 2
RÔ MIERLING
CESAR BRAVO
CLAUDIA LEMES
VITOR ABDALA
ADEMIR PASCALE
HEDJAN C.S.
RODRIGO RAMOS
JULIANA DAGLIO
AISLAN COULTER
WOLF WARREN
PAULO G. MARINHO
ANGELO AREDE
MELVIN MENOVIKS
SORAYA ABUCHAIM
FLÁVIO KARRAS
GLAU KEMP
VINÍCIUS LISBOA
Leia também:
NARRATIVAS DO MEDO 3
MÁRCIO BENJAMIN
GERALDO DE FRAGA
ALEXANDRE CALLARI
PAUL RICHARD UGO
RODRIGO DE OLIVEIRA
PETTER BAIESTORF
FELIPE FOLGOSI
TIAGO TOY
OSCAR NESTAREZ
FÁBIO FERNANDES
KAPEL FURMAN
DUDA FALCÃO
VITOR ABDALA
aveceditora.com.br